人妻テニス倶楽部

霧原一輝
Kazuki Kirihara

イースト・プレス 悦文庫

目次

人妻テニス倶楽部

第一章　人妻テニス倶楽部

1

平日の午後二時。高級住宅地にある六面の赤いクレーコートの二面を利用して、テニススクールが行われていた。

参加者は四名。いずれもこの界隈に住んでいる人妻で、最年少が山口里美《やまぐちさとみ》の二十五歳、最高齢はリーダー格でもある今野紗季《こんのさき》で三十九歳。

高級住宅街の奥様だけあって、みんな白を基調としたテニスウエアをきちんと身につけている。

共通するのは、丈の短いスコートを穿《は》いていることだ。

したがって、サーブのレシーブで前屈みになったり、コートに落ちているボールを拾おうと身体《からだ》を折り曲げたりしたときには、短めのスコートからアンダースコートが見えてしまう。

人妻のむっちりとした太腿《ふともも》とアンダースコートの張りついた豊かなヒップを目の当たりにすると、股間のものが一気に頭を擡《もた》げてしまう。

おさまれ、おさまれと必死におチンチンをなだめる。

それがいっこうに言うことを聞かないのは、狩野翔太《かのうしょうた》が二十歳になったばかりの童貞だからだろう。

「コーチ、里美さん、やっぱりまだ実戦は早いみたい。ストロークの基礎を教えてあげてくださらない」

さっきから、山口里美とラリーの練習をしていた今野紗季が翔太に向かって、声を張りあげた。

翔太はここの臨時コーチをしている。通っている大学でテニスの同好会に入っているのだが、その同好会が同じ大学出身のコーチから臨時コーチを頼まれていて、翔太はそれを積極的に引き受けている。

「わかりました。でも、今野さんは……？」

「大丈夫。わたしは丸山《まるやま》さんと萩原《はぎわら》さんと二対一でラリーするから。そのくらいのハンデがあって、ちょうどいい感じでしょ？」

「ああ、そうですね。では、山口さん、こっちにいらしてください」

翔太は里美を連れて、サーブ練習用のボードが立っているハーフコートの練習場に移る。

「ゴメンね、コーチ。わたし、ドンくさくて」

「大丈夫ですよ。ええと、まずは素振りからしましょうか。右に走って、フォアハンドのスイングをしてください。次は左に走って、バックハンドで素振りをお願いします」

「ハーイ」

間延びした返事をして、里美は動きはじめる。

小柄だが、健康的な体つきをしていて、むっちりとした太腿とふくら脛《はぎ》を持っているから、運動能力は高いはずだ。

テニス用ウエアの半袖シャツを着て、かわいらしいプリーツの入ったミニスコートを穿いている。

きっちりと止まって、ラケットを振れている。だが、おそらくテニスというスポーツ自体をあまり見たことがないのだろう、動きがぎこちない。

それに、動くたびに、胸のふくらみがぶるるんと揺れて、その巨乳がスイングの邪魔をしているように見える。

しかし、いいスイングをするために巨乳を小さくしなさいとは言えない。

それに、巨乳でも活躍している女性の有名プロ選手が、数は少ないがいるためスイングを巨乳のせいにはできない。

（Eカップか、いや、Fカップはあるんじゃないか？）

しかし、翔太は何しろまだ童貞で、性対象としてのオッパイの現物を見たことがないから、何となくそう思うだけだ。

「いいですよ。でも、それだと面が固定していないから、ボールをヒットした瞬間に面がぶれるかもしれませんね」

「……おっしゃっていることが、よくわかりません」

「こういうことです」

翔太は近づいていって、里美の後ろに立ち、素振りをさせ、ミートポイントで、

「ここです。このボールが当たるときに、しっかりと手首で面を作ってやらないと、当たる場所によって面がぶれて、とんでもない方角に飛んでいってしまいます。ゆっくりと振りおろしていて、面を作ることを意識して振ってみてください。

ああ、それから、バックハンドのときはこうやって、両手を……」

里美に右手でグリップの手元を握らせ、左手をガットに近いほうに添えさせる。

「これで、ゆっくりと素振りしてみてください」

「こうかな……？」

里美がバックハンドの素振りをする。

「いいですね。もう少し腰を落として……」

里美が腰を落としたとき、里美のスコートに包まれたヒップが翔太の股間に触れた。

「あっ……」

里美が弾かれたように腰を前に出したのは、お尻が翔太の股間に触れたからだろう。そのときすでに、翔太のそれはむっくりと頭を擡げていた。

「ああ、すみません」

「いいんです……ええと、こんな感じですか？」

里美はふたたび腰を落として、ゆっくりとしたバックハンドのスイングをする。

「そうです。ミートポイントでしっかりと両手で面を作って……」

「はい……」

里美は必要以上に腰を後ろに突き出すので、どうしても尻が股間に触れてしまう。

翔太も避ければいいのだが、勿体《もったい》なくてできない。

したがって、アンダースコートに包まれた豊かなヒップがぐりぐりと勃起《ぼっき》を擦る形になって、それがますますギンとしてきた。

非常にマズい。翔太は伸縮素材のハーフパンツを穿いているから、勃起したら丸わかりになる。

里美はゆっくりとバックハンドの素振りをしながら、明らかにそれとわかるほどに強く尻を擦りつけてくる。

周囲を見渡したものの、ここはコートの端にあるせいで、二人を見ている者はいない。

それをいいことに、翔太も勃起したそれを里美のヒップの狭間《はざま》に押し当てたままだ。

もし自分が童貞でなくて余裕があるなら、後ろからぐいぐい突いてやるのに……。

(だけど、里美さんはどうしたんだろう？　俺に気があるのかな？　それとも、しばらくご主人と逢っていないみたいだから、男のこれが恋しいのかも……)

しかし、こんな格好《かっこう》をつづけていたら、誰かが来たときに非常にマズい。

「では、そろそろボールを打ちます。ワンバウンドしてあがってきたボールをこのボードにぶつけるつもりで打ってください」

翔太は身体を離して指示をする。

「はい……」

里美が夢から覚めたみたいにあたふたして言う。

頬が赤く染まっている。それに、ナチュラルなボブヘアの前髪の下で光っている大きな目はいつも以上に潤んでいるように見える。

二十五歳で、昨年結婚したばかりらしい。

商社マンの夫が三カ月前から単身赴任でオーストラリアに滞在中のようで、暇を持て余しているところを、近所の今野紗季に誘われて、このテニススクールに入会したのだ。

まだ初めて三回目だから、ラリーがつづかなくてもしょうがない。

里美はラケットを身体の中心に両手で持って、姿勢を低くした。レシーブする格好はさまになっている。

だが、前屈みになると、半袖シャツのひろく開いた胸元から、デカすぎる二つの胸のふくらみがむぎゅうと互いを潰《つぶ》さんばかりにセンターに集まっているのが目に飛び込んできて、股間のものがまたふくらんできた。

腰を引き、勃起した股間を目立たないようにして、ラケットでボールを打つ。

弾んであがってくるゆるい球速の黄色いボールめがけて、里美のラケットが振られる。

どうしたらこんな速くて低いライナー性の球が打てるのか？

黄色いボールがあっと言う間に近づいてきて、翔太はとっさにそれを避けた。

「ああ、ゴメンなさい」

「大丈夫ですよ。ちゃんとミートしているから、問題ないです。次はバックに移動して」

「はい……」

左側にボールを打つと、ワンバウンドした黄色い球を里美がバックハンドで打った。

球がフレームに当たって、とんでもないロビングになった球がボードの高いところに当たり、跳ね返って落ちてくる。

今度も、翔太はボールを避ける。

「ああ、ゴメンなさい、コーチ」

里美が申し訳なさそうに頭をさげる。

「大丈夫ですよ。気にせずに、打ってください。行きますよ」

ボールをフォアハンド側に打って弾ませると、里美がそれを打った。

ボードのちょうどいいところに当たって、今度は上手くいった。

次はまたバックにボールを配する。それをつづけていくうちに、里美は見る見る上達して、ミスをしなくなった。

三回目のレッスンでバックハンドをこれだけ打てるのは大したものだ。運動神経がいいのだろう。

翔太は籠《かご》のなかの球を打ち切って、球集めをはじめる。

すると、里美も近づいてきて、コートに散らばったボールを拾い、籠に入れる。

翔太は目のやり場に困った。

里美はしゃがんで、足を開いているので、短いスコートの内側にむっちりとした太腿とその奥の白いアンダースコートがはっきりと見えたのだ。

アンダースコートには白いフリルのような横のラインが入っていて、左右には屈曲して平たく押しつぶされた太腿がひろがっている。

翔太は一瞬にして、分泌《ぶんぴつ》された生唾をこくっと呑む。

股間のものがますます充実して、ハーフパンツを押しあげてしまっている。勃起したら絶対にわかる。

これ以上、エレクトさせていたら、本当にマズい。

しかし、里美は足を開いて、無心に球拾いをしている。

いくら見せパンだとはいえ、これだけもろに見えると、衝撃が大きい。

しかも、目を凝らすと、基底部の一部があそこに食い込んでしまっていて、縦にくっきりとラインが刻まれているのだ。

(あれはオマ×コの筋だよな。あの割れ目のなかに、オマ×コがあるんだよな)

そう想像したとき、ひろがっていた膝がさらに大きく開いた。

(えっ……!)

びっくりして見ると、里美がこちらを微笑みながら見ていた。

翔太が窃視《せっし》していたことに気づいたのだろう。普通なら、膝を閉じて、翔太を責めるはずだ。

しかし、里美は反対に足をひろげて、にこにこしているのだ。

(さっきもそうだった。自分から積極的にお尻を擦りつけてきた。俺をからかっているのか？　それとも、欲求不満で誘っているのか？)

里美は周囲を見まわして、人目がないことを確かめ、ラケットのグリップ部分を下にして、太腿の奥に近づけた。

そして、グリップであそこを擦りはじめたのだ。

グリップは握ったときにしっくりくるよう、適度に柔らかな革などの素材を巻いてある。

里美はその部分をアンダースコートの基底部に擦りつけて、じっとこちらを見ているのだ。

その視線の行方には翔太のハーフパンツを押しあげたイチモツがある。

不自然に三角に持ちあがっているそこを、里美は食い入るように見つめながら、あからさまに腰を振って、グリップに恥肉を擦りつけているのだ。

スコートに包まれた腰がくいっ、くいっと動いているのを見ると、昂奮しすぎて、頭がくらくらしてきた。

完全勃起した分身の先からは、先走りの粘液が洩れて、それがハーフパンツの一部を濡らして、シミができている。

（ああ、マズい……！）

二進も三進もいかなくなったとき、里美が立ちあがった。

持っていたボールをすべて籠に入れて、

「コーチ、もう一度お願いします。だんだん、つかめてきました」

そう言って、ラケットを胸の前で抱きしめるようにする。

テニスをする女性がよくやる所作だが、里美がすると、ラケットに張られたガットが大きな胸のふくらみをむぎゅうと押さえつけて、網目からたわわなふくらみがこぼれてしまうのだ。

「そ、そうですね。もう一回しましょう」

翔太は明らかに勃起しているとわかる股間を後ろに引いて隠し、また同じ練習をはじめる。


休憩時間になって、翔太はコートの横に置いてある椅子に腰をおろして、スポーツドリンクを飲んでいた。

五月の中旬だが、テニスはけっこう運動量の多いスポーツだから、こまめに水分補給をしたほうがいい。

正面の二つのベンチには、生徒たちが腰をおろして、ドリンクを飲みながら談笑している。

向かって右側のベンチに腰かけているのは、リーダー格の今野紗季と新人の山口里美だ。

紗季は夫が一流企業の取締役をしているセレブで、着ているものもすべてがハイブランドの三十九歳。中肉中背だが、どこか熟女のエロさをただよわせている。今もすらりとしている足を組んでいるのだが、ワンピース型のスコートからはむっちりとした太腿がのぞき、もう少しでアンダースコートが見えそうだ。

だが、この足の組み方は計算され尽くしたもので、絶対にアンダースコートは見えないのだ。

その横でうなずきながら、真剣な顔で話しているのは山口里美で、どういうわけか足を開いて座っているので、むちむちの太腿の奥まで覗けてしまう。

さっきは明らかにわざと足を開いて、あそこを見せつけていたし、きっと今も翔太にアンダースコートを見せてくれているのだろう。

そして、左側のベンチに座っているのが、丸山貴代《たかよ》と萩原葉子《ようこ》だ。二人とも人妻である。このグループが人妻だけなのは、その中心である紗季が、近所の奥様連中を誘って、このグループを作りあげたからだ。

貴代はこのグループのナンバー二で、葉子は紗季に誘われてこのテニススクールに入った。

この二人と紗季がいつも一緒に行動していることが多い。

前には、もうひとりの奥様がいたが、彼女が引っ越しをして三人になってしまった。三人ではダブルスの試合ができない。それで、紗季が里美を誘って、この会に入れたらしいのだ。

翔太は個人的には、萩原葉子が好みのタイプだった。すごく淑《しと》やかで、清楚な感じがする。今も、ぴっちりと閉じ合わせた足を斜めに流して、座っている。いつも長い黒髪をポニーテールに結んでいるのだが、それがまたよく似合うのだ。

翔太がスポーツドリンクを飲んでいると、紗季が立ちあがり、コートを突っ切って、こちらにやってきた。

翔太の隣にしゃがんで、アーモンド型の目を向けた。

「今日のこれからの練習予定は？」

「俺がサーブを入れますから、みなさんでレシーブしてください。加減して打ちますから」

「わかったわ。すべてはレシーブからはじまるものね……ああ、そうだ。里美さん、今日にでもラケットやテニスシューズを買いたいらしいの。コーチ、つきあってもらえる？　ガットの張り方の強さとかあるでしょ？　あの子、明るくていい子だけど、ちょっとドジなところがあるから。つきあってあげてよ」

　里美はこれまでスクールのラケットを使っていて、自分のものは持っていなかった。

　まずは体験レッスンして、つづけられそうだったら、本格的な道具を揃えることになっている。里美がラケットを買うのだから、テニスをつづけることを決意したということだ。

「いいですけど……でも、本人はどうなんでしょうか？」

「コーチにつきあってもらえるなら、心強いって言っていたわ」

「そうですか……それなら」

「わかったわ。そう伝えておく……あっ、それから、最後には短くていいから、ダブルスの試合形式を入れてもらえない？」

「いいですよ。そのつもりでした」

「わかってるじゃない」

　紗季は立ちあがって、すらっとした脚線美を見せつけるようにコートを横切っていった。

2

駅前のスポーツ用品店で、里美に合った初心者用のラケットを頼み、ガットの張り具合を伝えた。これで、しばらくすればガットを張り終えたラケットが届くはずだ。

それから、クレーコート用のテニスシューズと、数着のテニスウエアを選んだ。

店を出たところで、里美がくりっとした大きな目を向けて、訊いてきた。

「今日はこれから何か予定があるんですか?」

「いえ、何もないです」

「そう……だったら、家に来ません? 手料理を作りますから、食べていってください」

「いえ、申し訳ないですし、それに、ご主人が……」

「主人はしばらくオーストラリアだから、気にしないでください。ほんと、コーチにはわざわざ買いものにつきあっていただいたんで、そのお礼をしたいんです。

大丈夫ですよ。何もしませんから」

里美が最後に冗談まじりに言って、明るく笑った。

その屈託のない笑顔に、翔太は背中を押された。

「じゃあ、お言葉に甘えて……」

「やった！　車で行きましょ」

里美は店の駐車場で、愛車のボックス型軽自動車の助手席に翔太を乗せると、車を出した。

ミニのワンピースを着ている里美の、横から見た乳房がデカかった。

短い裾からこぼれた太腿はむちむちで、そこから先はスッと長い。

(手料理か……まさか、そのあとで……里美さん、今日はすごく積極的だったからな……いやいや、それはダメだ。俺ごときが生徒の人妻に手を出したりしたら、絶対にクビだ)

まっすぐ前を向いていると、里美が訊いてきた。

「狩野さんは、今、大学生なんですか？」

「ああ、はい……S大学の二年生で、ちょうど二十歳です」

「スクールの専任コーチの真行寺《しんこうじ》聡《さとる》コーチがS大学出身で、その関係で、テニスサークルの方がうちに教えにくるんだって、聞いていたんですけど……」

「そうです。俺もテニス同好会に入っていて、バイトで臨時コーチやらないかって先輩から声かけてもらって、飛びつきました。地元が長野で、アパート代とかあって、バイトしないとやっていけないんで」

「……へえ、出身は長野なんだ？」

「はい。高校が私立の男子校だったんで。そこの硬式テニス部でみっちりとしごかれました。県大会まで出たのが最高で、そのときはシングルスでベスト8まで行きました」

「すごいじゃない。それで、テニスをしているとき、格好いいのね」

「いえいえ、たいしたことないです」

翔太は高校でテニスをして、目の前に立ちふさがる大きな壁を感じていた。

これ以上テニスをしても、上手くはならないし、勝ち進むことはできないと、自分の実力に見切りをつけた。

それでも、大学でテニスの同好会に入ったのは、遊びでテニスをしたいという気持ちと、もうひとつ。おそらくこのほうが大きいのだが、同好会に入っていればそれだけ女子と触れ合う機会が増えると思ったからだ。

高校が男子校であったこともあり、翔太はいまだ童貞だった。

そもそも、女子とつきあったことさえないのだ。

一刻も早く童貞を卒業して、男になりたかった。

実際に、大学のテニスサークルには魅力的な女子が多かった。

だが、これと思ってアプローチすると、すでに先輩のお手つきだったり、他につきあっている彼氏がいたりして、上手くいかなかった。

そうこうしているうちに、翔太に好きな女性ができた。

相手は、この同好会出身者で、現在はＯＬをしている石原莉乃《いしはらりの》だ。

莉乃が同好会の夏の合宿に招待されてやってきたとき、翔太は一瞬にして恋に落ちた。

二十五歳で、有名企業の営業で活躍していると言う。

くっきりした目鼻立ちのさわやかな美人で、手足の長い抜群のプロポーションをしていた。

テニスも上手く、莉乃はサーブをするときに「うっ」と低く呻《うめ》く。その瞬間、髪が揺れて、たわわな胸も躍り、スコートがめくれ、むっちりとした太腿が際どいところまで見えた。

ストロークでミスはしないし、とてもきれいなフォームをしていた。

シングルスを戦っているときは、ただ守るだけではなく、攻めるべきときは攻める。ネットダッシュして、ボレーを決め、かるく手でガッツポーズをする。

そんな莉乃を見ていて、ファンにならない男はいないだろう。

一回目の合宿で、翔太は完全に恋に落ちた。もちろん片思いだが、好きになってしまったのだから、しょうがない。

莉乃はそれ以降も時々、大学のサークルを訪れては、プレーを愉しんでいく。そのたびに翔太は胸も股間も痺《しび》れて、舞いあがってしまう。

だが、莉乃を車で迎えにくる男がいて、どうやら彼氏らしいのだ。

身も心も美しい二十五歳の莉乃に、恋人がいるのは当然かもしれない。

だからと言って、翔太の彼女への恋心は抑えられずに、今も彼女に片思いをしている。

いつか、莉乃を彼女にしたい。しかし、その前にまずは童貞を捨てないと話にならない。

それを考えると、今、若い人妻が向こうからアプローチしてきてくれているのは、とてもありがたいことだ。

しかし、ここの専任コーチであり、大学の大先輩であり、かつてのプロテニスプレーヤーの真行寺聡からは、絶対にスクールの生徒さんたちには手を出さないようにきつく言われている。

(困ったな。どうしよう……でも、里美さんも何もしないって言ってくれてるし、手料理なんて帰郷したときの母の手料理以来だ。ここはありがたくご馳走になろう)

そう考えている間にも、軽自動車は高級住宅街のなかでは小さめの、かわいらしい家に到着した。

たとえ小さくても、この若さでこの高級住宅地にマイホームが持てるのは、ご主人がエリート商社マンだからだ。

そのご主人が三カ月前からオーストラリアに単身赴任していて、里美も寂しいのだろう。その寂しさを紛らわすには、翔太のような若い、草食系に見える男が最適なのかもしれない。

「お腹、空いたでしょ？　すぐに作るから、そこでテレビでも見ていて」

そう言って、里美は翔太にリビングのソファを勧めると、自分はカウンター付きのオープンキッチンに立って、ピンクの胸当て付きエプロンをつけた。

「翔太さん、ビールは呑める？」

いつの間にか、呼び方が『コーチ』から『翔太さん』に変わっている。

「ああ、はい……好きです」

「そう……じゃあ、お料理作る間、呑んでいて」

里美は冷蔵庫から冷えた缶ビールを取り出して、チーズのオツマミとともにリビングのセンターテーブルに出した。

「それと、これがテレビのリモコンだから」

リモコンでテレビのスイッチを点け、にっこりして、キッチンに向かう。

ノースリーブのニットを着て、ミニスカートを穿き、ピンクの胸当てエプロンをつけている。

小柄だが、グラマーだから、むちむちして健康的なエロスがあふれてしまっている。

翔太は缶ビールを呑みながら、テレビのお笑い番組を見ていた。

緊張していたが、ビールを呑むうちに気持ちが和らいで、リラックスできた。

ビールは好きだ。

二十歳になっていちばん良かったのは、ビールを堂々と呑めることだ。

里美は料理を作るのが早かった。

あっと言う間に肉野菜炒めと鳥のから揚げと味噌汁を作って、ダイニングテーブルに出す。

「翔太さん、顔が赤いけど大丈夫？」

里美が心配そうに言う。

「大丈夫です。すぐに顔が赤くなるんだけど、見た目ほど酔ってないですから」

翔太はそう見栄を張った。

里美も呑みたいというので、缶ビールで乾杯をする。

それから、二人で「いただきます」と手を合わせる。

肉野菜炒めも、から揚げも、ワカメの味噌汁もめちゃくちゃ美味しかった。

しかも、ダイニングテーブルの正面には、エプロンを外した里美の大きな胸が自己主張しているのだ。

白いフィットタイプのニットを着ているので、余計に胸のたわわな丸みが強調されて、ついついそこに目を向けそうになって、困る。

里美はお酒に弱いらしく、すぐに胸元や二の腕などの露出している肌が、仄《ほの》かなピンクに染まってきた。

（かわいいし、色っぽい……）

エリート商社マンが結婚相手として里美を選んだことが納得できる。

だけど、こんなかわいい人がさっきは股にラケットのグリップを擦りつけていたのだ。

あのとき見えた白いフリル付きのアンスコを思い出しながら、味噌汁を飲んでいたとき、太腿に何かが触れるのを感じた。

（えっ……？）

テーブルの下を見ると、裸足の爪先が翔太の足をなぞりあげていた。

ハッとして里美の顔を見ると、にこっと口角を吊りあげた。無言のまま、太腿をさすりあげてくる。

這いあがってきた爪先が、翔太のハーフパンツの股間に触れて、それが一気に力を漲《みなぎ》らせる。

勃起して、ハーフパンツを持ちあげたそれを、里美は足の親指と人差し指を大きく開いて、その間に挟み込むようにして、なぞりあげてきた。

「うあっ……！」

思わず呻くと、里美は悪戯《いたずら》っぽい目をして、

「翔太さん、どうしたの？」

そう言いながら、ますます大胆に勃起を足指で擦りあげてくる。

「えっ……いや……あの、ぁあああ」

うねりあがる快感に、翔太は天井を仰いだ。

「すごいね。どんどん硬くなってくる。今日も、練習で、わたしのアンスコ見て、勃起させていたものね。興味があるんでしょ？」

「……え、ああ、もちろん……いえ……」

翔太はしどろもどろになって、答える。

「どっち？　興味あるんだよね」

「はい……もちろん」

「よかった。じゃあ……」

里美がダイニングテーブルの下に潜った。びっくりして見ると、床を這いながら彼女が近づいてきた。

翔太に椅子を少し後ろにさげさせ、ハーフパンツに手をかけて、おろそうとするので、翔太は尻を浮かせた。

ハーフパンツとブリーフが一緒にさがって、足先から抜き取られていく。

下半身裸にされて、すごい角度でそそりたっている分身が丸見えになった。

「翔太さんのここ、立派だわ。オッキくて、長いし、反《そ》ってる。女の子から、オッきいって言われるでしょ？」

里美がしゃがんだ姿勢から見あげてくる。

一瞬迷ったが、事実を伝えることにした。

「わかりません」

「わからないって？」

「……それは、その……そういう経験がないからです」

ついに、童貞であることをカミングアウトしてしまった。

「……童貞君なの？」

「そ、そうです」

答えながら、翔太は耳が火照《ほて》って、赤くなるのを感じた。

「そうなんだ……そうか。まだ二十歳だし、高校も男子校だから、女の子とつきあうチャンスがなかったんだ」

里美が見あげて、瞳を輝かせる。

「はい……」

「でも、大学でテニスの同好会に入ってるんでしょ？　テニスやる女の子、多いんじゃないの？　それでもダメなの？」

「はい……上手くいかなくて。振られてばかりです」

石原莉乃の顔が頭に浮かんだが、そのことは言わないようにした。

「翔太さんだったら、どうにかなると思うんだけどな……そうか、経験がないから、上手くリードできないんだね。わかった。だったら、わたしがきみの童貞を卒業させてあげる」

里美がまさかのことを言って、猛りたつものに手を伸ばし、それを握りしめた。

「あ、くっ……！」

思わず呻くと、しなやかな指がさらに強く握ってきて、ますますギンとしてきた肉柱を力強くしごいてくる。

「ぁあああうぅぅ……！」

熱い電流が一気にひろがっていく。もちろん、女性に手コキされるのは初めてだ。自分の指とは全然違う。甘い陶酔感がどんどんふくらんできた。

「どお、気持ちいい？」

里美が大きな目で見あげてくる。その目がすでに潤んでいた。

「ああ、はい……気持ちいいです」

「自分でもするんでしょ？」

「はい……でも、全然違います。すごく気持ちいい……ぁあああ、ダメです。そんなにされたら、出ちゃいます。くうぅぅ」

「ほんと、かわいいんだから……ビクンビクンしちゃって……」

里美が顔を寄せてきた。あっと思ったときは、先端にキスされていた。ちゅっ、ちゅっと窄《すぼ》めた唇を柔らかく押しつけられると、触れたところから跳ねたくなるような快感がふくらんでくる。

「すごいね、カチンカチンだわ」

うれしそうに言って、里美は裏側を下から舐《な》めあげてきた。なめらかな舌でツーッ、ツーッと裏筋をなぞりあげられると、ぞわぞわして気持ちいい。

里美は何度も舐めあげながら、じっと見あげてくる。翔太と視線を合わせようとする。目が合うと、にこっと微笑み、意識的に舌を長く出して、見せつけるようにさすりあげてくる。

（ああ、かわいいけど、エロい……！）

生まれて初めてのフェラチオだった。それを、人妻のマイホームのダイニングで受けているのだ。

里美はじっと見あげながら、舌をれろれろさせて、亀頭冠の真裏を刺激してくる。裏筋の発着点を舐められると、分身がますますギンとしてきた。

（そうか……こういう方法もあるんだな）

アダルトビデオでフェラチシーンを見ているものの、やはり、具体的にやられないとわからない。ジュブジュブと激しく唇をすべらせてしごくだけが、フェラチオではないのだ。

舌をれろれろするのをやめて、里美が上から亀頭部を頬張ってきた。

途中まで唇をかぶせて、ゆっくりと顔を振りながら、じっと見あげてくる。

間延びした鼻の下と、からみつく唇が色っぽい。

そして、里美は唇で亀頭冠を引っかけるようにして、ジュブジュブと短く唇をすべらせる。

（ああ、これは……！）

唇と舌がカリの出っ張りと凹《へこ》んでいるところにからみついてきて、そのあたりからジーンとした熱いような快感がうねりあがってきた。

「ぁあぁ、くっ……それ以上されると……くっ」

思わず唸《うな》ると、里美はカリへの刺激をやめて、肉棹を根元まで咥《くわ》えた。

分身の全体が温かい口腔に包み込まれて、それがとても快適だった。

しかも、カリを攻められたときのような逼迫《ひっぱく》した感じはないので、ゆったりと安心して、里美の口腔を味わうことができる。

うっとりしていると、里美は静かに顔を振りはじめた。

ふっくらした唇が前後にすべって、それがギンギンになった肉棹をやさしくいたわるように、愛撫してくる。

「ぁああ、気持ちいいです……たまらない」

思わず口にしていた。

すると、里美の顔振りが徐々に速くなった。

「んっ、んっ、んっ……」

激しく、貪るように唇を往復させる。

柔らかな唇が勃起の表面を激しくすべっていき、それをつづけられると、ジーンとした快感がひろがった。

「ぁあああ、ダメです。出ちゃう！」

ぎりぎりで訴えた。

里美はちゅるっと吐き出して、右手を茎胴にからませて、ぎゅっと握り、ゆっくりと加減を見るように擦りはじめる。

いつもは右手が恋人だから、同じ指でしごかれると、これもまたすごく気持ちがいい。

「少し我慢してね」

里美はにっこりして言い、左手で睾丸を下から持ちあげるようにして、さわさわしてきた。

「ああ、くっ……！」

睾丸袋への愛撫がこんなに気持ちがいいものだとは……。

里美はしなやかな指で肉棹を握りしごき、同時に、左手で皺袋をやわやわとあやしてくる。

そうしながら、自分がもたらす快感を計っているような目で、翔太を見あげてくるのだ。

（ああ、エロすぎる！）

きっと、夫が長期の海外出張で逢えていないので、欲求不満なのだろう。そうでなければ、こんなキュートな若妻が自分のような冴《さ》えない大学生に手を出すわけがない。

「翔太さん、初めてのおフェラはどう？　気持ちいい？」

里美が見あげながら訊いてくる。

「ああ、はい、すごく……」

「よかった……このこと、誰にも言ってはダメよ」

「はい、絶対に言いません」

「わたしも言わないから、二人だけの秘密にしようね」

「はい……」

「ふふっ、翔太さん、素直でかわいいわ。こうしたくなっちゃう」

里美が顔を寄せて、唇をかぶせてきた。

右手で握って、余った部分まで頬張り、

「んっ、んっ、んっ……」

つづけざまに顔を打ち振る。

そのたびに、柔らかな唇と舌が敏感な亀頭冠にまとわりついてきて、そこからジーンとした快感が一気にひろがった。

「ぁああ、ダメです。本当に出ちゃう！」

ぎりぎりで訴えると、里美はいったん怒張《どちょう》を吐き出して、

「いいのよ。出して……ごっくんするから。平気よ。童貞君だったら、すぐにまた復活するから」

自信ありげに言って、里美がまた頬張ってきた。

ふっくらとした赤い唇をカリに引っかけるようにして短くストロークする。

熱く感じるほどの快感がぐわっとふくらみ、そこに、手コキの刺激が加わると、もう我慢できそうにもなかった。

「ぁあああ、ダメだ。出ます！」

訴えると、里美は見あげてうなずき、それから、右手で茎胴をしごく同じリズムで、唇を往復させる。

「んっ、んっ、んっ……」

連続して吸われると、さしせまった感覚が甘美なものに変わった。

「ぁああ、出ます……出る、出ます！」

「んっ、んっ、んっ……ジュルル……んっ、んっ、んっ」

「ぁあああ、出ます……うあっ！」

熱い男液がすごい勢いで噴き出た。

ツーンとした頭に抜けていく絶頂感が走り、がくん、がくんと震えてしまう。

そして、間欠泉のように噴き出す白濁液を、里美は口に溜めることなく、こくっ、こくっと嚥下《えんげ》している。

3

二階にある夫婦の寝室で、裸の翔太は仰向《あおむ》けになって、里美が服を脱ぐのを眺めていた。

里美は背中を見せて、ニットを頭から抜き取っていく。

背中に水色のブラジャーのストラップが横に走り、肩ひもが肩にかかっているのが見える。

それから、里美はスカートをおろして、足先から脱いだ。

これも水色のハイレグパンティがきゅんと吊りあがった健康的なヒップを二等辺三角形に包み込んでいる。

里美はくるりとこちらを向いて、ベッドにあがってくる。

大きな目はきらきらと輝き、色白の肌ところどころ桜色に染まって、とてもセクシーだ。

仰臥《ぎょうが》している翔太をじっと見つめ、覆いかぶさるように唇を唇に重ねてくる。翔太も本格的なキスは初めてだった。

とてもソフトな唇が押し当てられると、ぞくぞくしてきた。そして、甘い吐息とともに唇をついばまれ、ゆっくりと舐められるうちに、下腹部のものがむっくりと頭を擡げてきた。

夫婦の寝室でエッチするなんて、里美のご主人に申し訳ない。

海外赴任で家を留守にしている間に、奥様とやってしまうなんて……。罪悪感がないとはいえない。だけど、ここまで来て、やめることはできない。

これでしなかったら、自分はずっと童貞のままだろう。

友人にはもう何人もの女性とつきあっている男がいる。これ以上、自分が童貞をつづけていたら、きっと経験者に女性を全部持っていかれてしまう。

里美は童貞とのキスを愉しんでいるのか、舌を差し入れて、舌をちろちろとあやしたり、引っ込んでいる翔太の舌を誘い出してからませる。

そうしながら、手を下腹部におろしていく。

（あっ……！）

なめらかな指が勃起に触れた途端に、翔太はびくんと腰を撥《は》ねあげてしまった。

「すごいね……さっき出したばかりなのに、もうこんなに元気になった」

里美はつぶらな瞳をきらきらさせて言い、キスを唇から胸板へとおろしていった。

小豆《あずき》色の乳首にちゅっ、ちゅっとキスをする。

れろれろっと弾かれると、最初はくすぐったかったのに、だんだん気持ち良くなってきた。きっと、同時に下腹部の屹立《きつりつ》を握りしごかれているからだ。

里美は乳首を舐めたり、吸ったりしながら、いきりたちをゆっくりとしごいてくれる。

メチャクチャ気持ちいい。それに、水色のレース刺しゅう付きブラジャーから、たわわすぎるオッパイがのぞいていて、もう少しで乳首まで見えそうだ。

（大きなオッパイに触りたい……）

そう思って胸を凝視していると、翔太の気持ちを悟ったのか、里美はいったん上体を立てて、手を後ろにまわし、ブラジャーのホックを外した。

そのまま、肩からブラジャーを抜き取っていく。

(見えた……すごい！)

おそらくEかFカップだろう。丸々としたグレープフルーツみたいなふくらみと頂上のコーラルピンクの乳輪と乳首が翔太に猛烈にアピールしている。

「触ってみる？　いいよ、吸っても」

里美がやさしい目で言う。

うなずいて、翔太は手を伸ばし、おずおずと左右のふくらみをつかんだ。

たわわな肉層は想像以上に柔らかくて、大きく、指先が乳肉に沈み込んでいく。

「ぁあああ、上手よ。翔太さん、すごく上手……指が長くて太いのね。きみのおチンチンと一緒。舐めてもいいのよ……」

翔太は顔を寄せて、突起におそるおそるキスをする。

わずかに唇が触れただけで、

「あんっ……！」

里美は鋭く反応して、びくんとする。すごく敏感だ。女性はみんなこんなに感じるのだろうか？

突き出ている乳首を頬張るようにして、乳肉全体を大きな手でやわやわと揉む。

すると、指が乳肌に沈み込み、薄く張りつめた乳肌から青い血管が透け出てくる。

モミモミしながら、ますます硬くせりだしてきた乳首を舐め転がした。

ゆっくりと上下に舐め、今度は激しく横に弾いた。すると、乳首も揺れて、

「んっ……んっ……ぁあああ、気持ちいい……翔太さん、それ気持ちいい……ぁあああ、たまんない」

里美は巨乳を押しつけて、もどかしそうに尻を揺すった。

(いいんだな。これでいいんだな!)

翔太は自分の愛撫に自信が持てた。

今度はもう片方の乳首にもしゃぶりついて、舌でれろれろし、かるく吸ってみた。すると、

「はぁあああ……いいの。すごくいい……ぁああ、吸われるとおかしくなる。へんになる……くぅぅぅ」

里美はのけぞるようにして、がくんがくんと揺れはじめた。

「ねえ、もう我慢できない。下も触って」

里美が翔太の手を下腹部に導いた。

水色に白の刺しゅうの入っているパンティの基底部をなぞってみた。すると、

二重になったそこはすでにじっとりと濡れていて、指が湿った基底部をすべる。

そして、里美は自分から恥肉を擦りつけて、

「ぁああ、ねえ、欲しい……ここにこのカチンカチンを入れて」

あさましいくらいにおねだりしてくる。

翔太ももう挿入したくなっていた。しかし、すべてが初めてだから、どうしたらいいのかわからない。

「いいわ。わたしが入れてあげる。それでいい？」

「ああ、はい……」

里美はいったん立ちあがって、パンティを脱いだ。

それから、こちらを向く形で下半身にまたがってくる。

下腹部に漆黒《しっこく》のビロードみたいな光沢を放つ繊毛《せんもう》が長方形に密生していて、突き出た肉びらが男性器を欲しがって、すでにひろがりはじめていた。

里美は翔太の様子をうかがいながら、M字開脚したまま腰を落としてくる。

いきりたっている肉柱を導いて、濡れ溝に擦りつけた。

「ぁああ、いい……これだけでイキそう……いい？　きみの童貞を奪うよ」

里美がとろんとした目で言う。

「はい……お願いします」

「行くね……」

里美が亀頭部を膣口に押し当てて、慎重に沈み込んできた。

カチンカチンになった本体の先が、とても窮屈な入口を押し広げていって、

「はうぅぅ……！」

里美が呻きながら、顔を撥ねあげた。

狭い箇所を突破したイチモツがぬるぬるっと粘膜を突き進んでいって、翔太は温かい粘膜に包まれる至福を感じる。

「ぁあああ、すごい……きみのが奥まで入ってきた。ぁああ、カチンカチンよ。オッキくて長い。ぁああ、我慢できない」

里美はM字開脚したまま、腰を前後に揺すった。

すると、勃起が大きく揺さぶられ、切っ先が奥をぐりぐりして、

「ぁあ、いい……奥に当たってる。もう、もうダメっ……」

里美が前に両手を突いた。やや前傾して、腰を浮かし、叩きつけてくる。

上下動が徐々に激しくなり、パン、パン、パンと音がして、

「あんっ、あんっ、あんっ……」

里美の嬌声《きょうせい》が爆《は》ぜる。

勃起が強く奥を打ち、膣粘膜を擦りあげていって、翔太はもたらされる歓喜を受け止める。

若い巨乳の人妻が、自分の上で撥ねている。

そのたびに、たわわすぎるオッパイも上下に揺れて、豪快に躍る。

(ああ、すごい……！　ウソみたいだ)

今日、テニススクールのバイトに来るまでは、まさかこんなことになるとは夢にも思っていなかった。

自分は男になった。とうとう童貞を卒業したのだ。

「あんっ……あんっ……あんっ……ぁあああ、ダメッ……」

里美は上下動から、グラインドに変え、さらに、前後に打ち振って、濡れ溝を擦りつけてくる。

翔太はうねりあがる快感に身を任せるしかなかった。

里美が後ろに手を突いて、のけぞった。

足は完全にM字開脚したままなので、自分の肉柱がオマ×コに嵌《は》まり込んでいるのがまともに見えた。

里美はゆっくりと腰を前後に振る。すると、おびただしい蜜にまみれた肉棹が膣に出入りする様子がまともに目に飛び込んでくる。

(ああ、すごい……！　俺のチンチンがあんなにズブズブと里美さんのオマ×コに……！)

何だか夢のようで、現実感がない。

しかし、ぐいっ、ぐいっと腰が振られるたびに、勃起が締めつけられて、その圧迫感でこれが現実だということがわかる。

里美はのけぞるようにして、足を大胆にM字に開き、グレープフルーツみたいな巨乳をあらわにして何かにせきたてられるように腰をつかう。

いったん上体を垂直に立て、こちらに向かって、覆いかぶさってきた。翔太の唇にキスをして、ねっとりと舌をからめてくる。

そうしながらも、膣はぎゅっ、ぎゅっと肉棹を締めつけてくるので、口とチンチンと両方が気持ちいい。

(ああ、すごい。こんなことができるんだ……！)

翔太はもたらされる快感に酔いしれる。

そして、里美は濃厚なキスをしながら、腰を縦や前後に動かして、膣で屹立を

締めつけてくる。やがて、キスをやめて、

「ぁああ、気持ちいい……きみのおチンチン、硬くてすごくいい……感じるの。硬さをはっきりと感じるの……ぁああ、気持ちいい……ねえ、突きあげて。里美のオマンマンを突きあげてよ」

甘えるように言って、里美はぎゅっと抱きついてきた。

「いいのよ。突きあげて」

「こう、ですか？」

翔太は里美の背中と腰を抱き寄せて、下から腰を撥ねあげてみた。

すると、ギンギンの屹立が斜め上方に向かって膣の粘膜を擦りあげていき、

「ぁああ、そうよ……上手。翔太さん、上手……あんっ、あんっ、あんっ……」

里美が上でかわいく、セクシーに喘《あえ》ぐ。

肌にうっすらと汗が滲《にじ》んで、その湿り気を抱きしめているだけでわかる。

昂奮して汗をかいているせいか。甘い体臭のようなものが匂って、それが翔太をいっそうかきたてる。

ぐいぐいぐいっと擦りあげていると、よく締まる膣の粘膜がからみついてきて、それを押し退《の》けるようにして突くと、一気に快感がうねりあがってきた。

本当はもっともっと激しく長く打ち込んで、里美をイカせたい。翔太さん、すごいと褒めてもらいたい。

だが、里美のオマ×コの性能が良すぎて、翔太は自分をコントロールすることができなくなった。

「ぁああ、ダメだ。出ます……出るぅ」

ぎりぎりで訴えると、

「いいのよ。中に出しても。ピルを飲んでいるから、平気よ。翔太さんの若い精液を浴びたいの。出して……いっぱい、出して」

「いいんですか？」

「いいのよ、本当にいいのよ。ぁあああ、気持ちいい……わたしもイキそう。ちょうだい。翔太さんの精液をください……あんっ、あん、あんっ」

里美がつづけざまに甲高《かんだか》い声で喘ぐので、いよいよ翔太もこらえきれなくなった。

(俺はついに、女性のなかに中出しするんだ。ああ、すごい。信じられない……うおおお、ぐいぐい締まってくる)

翔太は吼《ほ》えながら、つづけざまに奥に打ち込んだ。

「あんっ、あんっ、あんっ……ぁあああ、イキそう。わたしもイク……あんっ、あんっ、あんっ……来て、来て、ちょうだい！」

「おおおぅ……！」

吼えながら強く打ち据えたとき、

「イキます……いやぁあああぁぁ！」

里美は嬌声を張りあげながら、しがみついてきた。

膣が絶頂の収縮をするのを感じて、もう一突きしたとき、翔太も目眩《めくるめ》く頂上に押しあげられ、精液をしこたましぶかせていた。

4

シックスナインの形で里美がまたがって、翔太のイチモツを舐めていた。

なめらかな舌を感じると、翔太の分身はすでに二度も射精しているのに、またむっくりと頭を擡げてくるのだ。

「若いって、すごいのね。あんなに出したのに、もうこんなに……どうだった、童貞を卒業できて」

里美が肉棹をいじりながら、訊いてくる。

「すごかったです。中出ししたときもすごく良くて……あんまり気持ち良くて、死ぬんじゃないかって思いました」

「オーバーね。でも、うれしいわ。そう言ってもらえると……」

そう言って、里美がまた頬張ってきた。

肉棹に唇をかぶせて、ジュルジュルッと啜《すす》りながら吸われると、分身にいっそう力が漲って、完全勃起する。

「ぁああ、もう、翔太さんのおチンチン、元気すぎる。もう一回戦したいな。できそう？」

里美がいきりたちをいじりながら訊いてくる。

「はい……」

「じゃあ、今度はきみが上になって……その前に、クンニはできそう？」

「はい……します。させてください」

そう言って、翔太は目の前の花肉にしゃぶりついた。

そこはふっくらとした肉厚の陰唇が左右にひろがって、内部の赤い粘膜をのぞかせていた。

鮮やかなサーモンピンクの粘膜がいやらしくぬめ光り、複雑な入り江の上に膣口がひくひくしていて、下のほうにはクリトリスらしい突起が包皮で守られている。

翔太は頭の下に枕を置いて、顔を寄せた。ぬるっと狭間を舐めると、

「んんっ……」

里美は頬張ったまま、びくびくと尻を痙攣《けいれん》させる。

甘酸っぱい味覚がある粘膜に、つづけて舌を走らせると、

「ぁあああ、いいの……」

里美は勃起を吐き出して、

「翔太さん、上手だわ。そのまま、クリも舐めて……皮をかぶってるでしょ、わかる？」

「ああ、はい……」

「その帽子を脱がせて、じかに舐めてみて……そのほうが感じるのよ」

翔太は言われるままに、包皮を引っ張った。するとくるっと剝《む》けて、珊瑚《さんご》色の小さな真珠のようなものが顔を見せる。

（これが、クリトリスか……）

思っていたよりずっと小さな突起が、ぬめ光っている。

ここが女性にとってのペニスであり、とても敏感な場所であることは知っている。

（こんな小さな突起を触って、女性はイクのか……）

不思議な気がした。

舌を出して、小さなポリープをちろちろ舐めると、

「あっ……あっ……はうぅぅぅ、気持ちいい……気持ちいい……」

里美はもっと舐めてとばかりに、尻の底を近づけて、擦りつけてくる。

翔太はクリトリスを頬張り、吸い、吐き出して、舐め転がした。

それをつづけていくうちに、里美は太腿を細かく痙攣させて、

「ぁあああ、欲しい。これがまた欲しくなった」

肉棹をぎゅっと握ってくる。

翔太も挿入したくてしょうがなかった。

今度は、里美が言うように上になって、自分で腰をつかいたい。

里美をベッドに仰向けに寝かせると、里美は自分から足を開いて、曲げた膝を持ってくれる。

「こうしたら、見えるでしょ？」

「はい……わかります」

太腿の奥、漆黒の翳《かげ》りの流れ込むあたりに、女の花が艶やかに開いていた。

翔太は猛《たけ》りたつものを膣口に押し当てて、腰を入れる。しかし、そこが濡れすぎていたせいか、ちゅるっと弾かれてしまった。

「ああ、すみません」

「いいのよ。焦らなくていいの。来て」

翔太が勃起を寄せると、里美が足を放した手でそれを持って、導いてくれた。

「ここよ。大丈夫だから」

「はい……」

不安を押し殺してぐいと力を込めると、切っ先がとても窮屈なところを押し広げていく確かな感触があって、

「ぁあああ、入ってきたわ」

勃起から指を離した里美が、下からつぶらな目を向けてくる。

「すごい、ギュンギュン締まってくる」

翔太は快感に酔いしれる。

温かくて、とろとろした膣粘膜がうごめきながら包み込んできて、まったく動けなかった。ここでひと擦りしたら、たちまち放ってしまいそうだ。

必死にこらえていると、

「こっちに来て……わたしをぎゅっと抱いて」

里美が両手を開いて、翔太を手招く。

翔太はそのまま上体を倒して、里美を抱きしめた。身体が温かくて、汗ばんでいて、何だかいい香りがする。

「キスして」

翔太が唇を合わせると、すぐに里美は両手で翔太を抱き寄せ、情熱的なディープキスで舌をまさぐってくる。

たまらなかった。

舌の快感が下半身にもひろがっていき、里美はもっと深くにと言わんばかりに、翔太の腰に足をからめて引き寄せる。

そうしながら、ぐいぐいと自分のほうに濡れ溝を押しつけてくる。

内部のとろとろの粘膜がうごめいて、勃起をくいっ、くいっと内側へと手繰《たぐ》り寄せようとする。

「ぁああ、ダメです。出そうだ」

思わず翔太が訴えると、

「いいのよ。好きなときに出して……我慢しなくていいから。それがいちばん気持ちいいと思う」

里美が言う。

「いいんですか？」

「ええ、いいわよ。自分で動いて、好きなときに出していいのよ」

里美にそう言われると、気持ちが楽になった。

翔太は顔をあげて、腕立て伏せの格好で腰をつかう。

ぐいぐいと屹立を叩き込み、えぐり込むと、肉柱が膣を擦りながら、奥へとすべり込んでいく感触があって、どんどん気持ち良くなってしまう。

「ぁああ、出そうだ」

「いいのよ、ちょうだい。最後に思い切り腰を振っていいのよ。出したら、きっとすごく気持ちいいから」

「はい……！」

里美に励まされて、翔太はスパートした。

腕立て伏せの形で足を伸ばし、体重を切っ先に乗せて、ぐいぐいえぐっていくと、熱くて甘い情感が育ってきて、ついにそれがふくらみきった。

「おおぅ、おおお！」

翔太は吼えながら、激しく怒張を叩きつける。

「あんっ、あんっ、あんっ……ぁあああ、すごい……ガンガンくる……イキそう。わたし、またイキそう……ぁあああ、へんよ、へん……イク、イク、イッちゃう……ぁああ、ちょうだい。翔太さん、いっぱいください！」

里美がさしせまった様子で言って、今にも泣きださんばかりに眉《まゆ》を八の字に折る。

翔太も追い込まれていた。

「ぁああ、里美さん……行きます。出します……おおおぅ！」

最後に止めとばかりにつづけざまに打ち込んだとき、

「ぁあああ、イクぅ……！」

里美がぐーんとのけぞり、その直後、翔太も今日三度目の男液をしぶかせていた。

第二章　肉棹教育

1

一週間後、テニスクールが終わって、翔太がクラブハウスに戻って、シャワーを浴びようとしたとき、

「コーチ、ちょっとご相談したいことがあるんです」

山口里美が声をかけてきた。

先日、翔太と一緒に行ったときに買ったテニスウエアを着て、ガットを張り終えた自分のラケットを両手で胸前に抱えている。

今日、レッスンしながら、里美が一段とセクシーになったと感じていた。今もその思いは変わらない。

小柄だがグラマーな肢体からは、ムンムンと色気があふれている感じだ。

「少しだけ、時間を取っていただけますか？」

里美が上目づかいで見あげてきた。その大きな目が潤んでいる。

「いいですけど……みなさんは？」

「ええ……コーチに教えてもらいたいことあるから、先に帰ってくださいと伝えてあります」

「そうですか……なら、いいですけど……それで、相談って？」

「わたし、やっぱりバックハンドが全然上手くいかなくて……ちょっとだけ、コツを教えてもらえたらなって思って」

「わかりました」

「じゃあ……そこのミーティングルームが空いているみたいなので、そこで教えてもらっていいですか？」

「かまいませんよ」

そう答えながら、翔太は邪《よこしま》な思いを抱いてしまっていた。

里美に童貞を卒業させてもらってからこの一週間が待ちきれずに、何度かオナニーしていた。

オナニーをするにしても、セックスを体験しているのと未体験とは大違いで、実際にオマ×コの感触を味わい、里美が昇りつめるさまを実感しているので、想像がリアルになって、同じオナニーでも快感が全然違うのだ。

今日も、里美がミニ丈のスコートを穿いているので、ちょっと前屈みになると、アンスコに包まれたむっちりとした太腿からつづくヒップがのぞいてしまって、股間の漲りを隠すのが大変だった。

里美がミーティングルームのドアを開けて、先に部屋に入っていく。すぐあとに翔太もつづく。

里美はドアの内鍵のキーをかけ、窓のカーテンを閉める。

それから、カバーに入ったラケットをテーブルに置いて、立ち尽くしている翔太に抱きついてきた。

「待ち遠しかったわ。練習していても、翔太さんのここが気になって、ちっとも集中できなくて」

見あげて、翔太のハーフパンツを触る。

「あの、バックハンドは……？」

「それはまた、コートで教えてもらうから、いいの。それより、今はここ……」

里美はハーフパンツの股間を情感たっぷりに撫でさすった。

今日も伸縮素材のハーフパンツを穿いているので、むっくりと頭を擡げる分身の形がそのまま浮き出てしまう。

「ふふっ、すぐにこんなにして……もう、カチカチじゃないの。いけない子ね。練習中もわたしのお尻と胸ばっかり見て、ここをオッきくしていたよね。気づいていたんだから」

里美は微笑みながら、ますます激しく股間のものをなぞりあげる。

柔らかな指が気持ちいい。

さっきまで練習していたせいで、里美はまだ汗が引いておらず、汗の甘ったるい芳香が鼻孔から忍び込んできて、理性を蕩《とろ》けさせる。

里美がキスしてきた。

唇を奪われ、舌がからんでくる。

いくら鍵をかけたとはいえ、誰かが鍵を開けて入ってくるかもしれない。マズいことはわかっている。クラブハウスでコーチが生徒の人妻と密会するなんて、絶対にダメだ。ばれたら、終わる。

しかし、こういう場合、理性なんてあってなきがごとしであることが、はっきりとわかった。

あそこに力が漲ってくると、もう欲望は止められない。

翔太は一生懸命にキスに応えて、舌をからめ、里美の小柄だが、しなやかな肢体を抱きしめる。

上から勃起をなぞっていた里美の指が、ハーフパンツの上端と腹の隙間《すきま》からすべり込んできた。

あっと思ったときは、じかに肉茎をつかまれていた。

キスをされながら、肉棹を握りしごかれると、分身はギンギンに硬くなって、早くも躍りあがる。

「コーチ、ダメじゃないの。こんなにカチンカチンにしては……」

ふっと笑みをこぼして、里美がしゃがんだ。

フィットタイプのハーフパンツを持ちあげているものに、ちゅっ、ちゅっとキスを浴びせた。それから、ハーフパンツをぐいとおろす。

膝までさがって、勃起が転げ出てきた。

「すごいね、こんなに上を向いて……」

里美はうれしそうに言って、その硬さを確かめるように触り、若干余っている包皮を剝けるところまで引きおろし、その状態で握り込んできた。

完全にさらされた亀頭部がミーティングルームではひどく場違いで、同じことを思ったのか、里美が見あげて真っ白な歯をのぞかせた。

「マ、マズいですよ、ここでは」

翔太は周囲を見まわして、言う。

「大丈夫よ。この時間にここを使う予定はないみたいだから、安心して」

そう言って、里美が顔を寄せてきた。

ちゅっ、ちゅっと亀頭部に唇を押しつけ、静かに舐めてくる。裏筋をゆっくりと舌が這いあがってくると、分身が勝手に撥ねた。

「もう、いつだって元気なんだから。たっぷりとかわいがってあげるね」

里美はおチンチンに話しかけて、上から頬張ってくる。

一気に根元まで唇をかぶせ、なかでちろちろと舌を走らせる。それから、ゆっくりと先端まで引きあげていき、そこで、ぐちゅぐちゅとカリとそのくびれを摩擦してくる。

「ぁああ、ダメです。くっ……！」

立ち昇る快感に思わず呻くと、里美はそこを集中して攻めてきた。

柔らかな唇を巻き込むようにしてカリを摩擦されるうちに、ジーンとした痺れるような快感が一気にふくれあがった。

追い討ちをかけるように根元を握って、ぎゅっ、ぎゅっと強くしごかれて、翔太はたちまち追いつめられる。

「ああ、ダメだ。出そうだ……」

ぎりぎりで訴える。

里美はちゅるっと吐き出し、ミーティングルームの長机に仰向けに寝た。足を開いたので、白い刺しゅう付きアンダースコートがまともに見えた。汗なのか、それとも愛液なのか、基底部に小さなシミが浮かびあがっている。

「お願い、舐めて……」

翔太は太腿の奥に顔を寄せて、アンダースコートの基底部に舌を走らせる。甘い性臭がこもっていて、シミとともに基底部を舐めると、

「あっ……んっ……んっ……ぁああ、我慢できない。ぁあああうぅぅ」

里美はもっと舐めてとばかりに、下腹部をせりあげる。

すぐに白いアンダースコートが唾液で濡れて、そこから、繊毛の黒さが透け出てきた。

「ぁああ、じかに、じかに欲しい」

里美がせがむように、下腹部をせりあげる。

それならばと、アンダースコートを横にずらすと、甘ったるい性臭が香り、肉びらがこぼれでた。

完全に見えるのは片方だけだが、ぷっくりとして肉厚の陰唇がフリルみたいに波打っている。その内側にはすでに充分に濡れた粘膜がひろがって、ぬらぬらと妖しいほどにぬめ光っていた。

（ああ、すごい……！）

翔太は腰を屈めて、太腿の奥にしゃぶりついた。

ぬるぬると舐めると、

「ぁああ、あうぅぅ……いいの。翔太さん、気持ちいい……練習のときから、ずっとこうされたかった。コーチのおチンチンが欲しくて、どんどん濡れてきて困ったのよ……ぁあああ、もう……我慢できない」

喘ぐように言って、里美は自ら乳房を揉みはじめた。

さらに、Tシャツ型のテニスウエアをまくって、白いブラジャーをたくしあげ、まろびでてきた乳首を捏《こ》ねる。

いやらしくピンクにぬめる乳首を指先でツン、ツン、ツンと細かく撥ねて、

「ぁあああ、恥ずかしい……わたし、恥ずかしいことをしてる」

そう口では言いながらも、もっと舐めてとばかりに下腹部をせりあげて、繊毛を擦りつけてくる。

こらえきれなくなって、翔太は立ちあがった。

身体を引き寄せると、勃起と膣の位置がちょうどぴったり合っている。

「入れますよ」

「ぁああ、欲しい。ちょうだい……早くぅ……」

里美はもう少しも待てないとでも言うように、腰をくねらせる。

翔太はいきりたっているものを寄せて、狙いをつけた。

里美が自分から膝を曲げて開いてくれたので、膣の位置がつかめた。

二度目だから、少しは余裕ができるのかと思っていたが、昂奮しきっているせいか、上手く入らない。

(いや、できる！)

めげそうな気持ちをかきたてて、擦りつけていると、切っ先がぬるりと淵に落ち込んでいく感触があって、

「ぁああ、入ってきた……ぁああ、すごい……カチカチよ。硬くて長い……ぁあああ、もっと奥に……奥を突いて」

そう言って、里美は自ら恥肉を押しつけてくる。

勃起がずぶずぶっとめり込んでいって、

「ぁあああう……すごい。奥に、奥に当たってる。ぁあああ、突いて……」

里美がとろんとした目で、翔太を見た。

(よし……！)

翔太が深いところに切っ先を届かせると、

「ぁあああ、それ……あんっ、あんっ、あんっ……ぁあああ、気持ちいい……翔太さんのおチンチン、硬くて気持ちいい」

里美は自ら膝を開いて、あらわな乳房をつかんだ。

巨乳と呼んで差し支えのない乳房を片手でぐいぐいと揉みしだきながら、尖《とが》ってきた乳首を指で弾く。

細かく撥ねながら顔をのけぞらせ、スコートがはだけた太腿をあらわにして、

「んっ、んっ、んっ……ぁあああ、へんよ。へんなの……だって、里美、もうイキそうなの。イッていい？」

大きな目を向けて、訊いてくる。

「いいですよ。イッてください」

「翔太さんも出していいのよ」

「はい……出そうだ」

翔太がつづけざまに打ち据えたそのとき、ドアをドンドンドンと叩く音がする。

ハッとして動きを止めると、女性の声がした。

「わたし、丸山だけど……さっきから、二人で何をしているの？　里美さん、コーチ、二人がいるのはわかっているのよ。いいから、開けなさい」

丸山貴代の声だった。

貴代はグループのナンバー二で、リーダーの今野紗季の右腕的存在だ。

これはマズい。非常にマズい。

翔太はあわてて結合を外し、ハーフパンツをあげる。

里美も急いで身繕いをととのえる。

翔太がドアを開けると、普段着に着替えた丸山貴代が怖い顔で腕組みして、立っていた。セミショートの髪型が似合うきりっとした美人だから、怒るといっそう怖い。

貴代は部屋に入ってきて、憮然として言った。

「鍵までかけて、二人で何をしていたの？」

「……すみません。わたし、バックハンドがすごく下手くそで、みなさんに迷惑をかけているので、コーチに教わっていました」

里美がごまかす。

「その割には、あなたの喘ぎ声が聞こえていたんだけど……」

「いえ、それは、あの……きっとわたしがスイングするときに出していた声だと思います。申し訳ありませんでした。誤解されるようなことをして」

貴代が平謝りに謝った。

「いいわ、あなたは帰って。話があるから、コーチは残って……ほら、里美さんは早く行きなさい」

「はい。ご心配をかけました」

里美が要領よく立ち回って、外へ出ていく。

残された翔太は戦々恐々で貴代の前で、固まった。

丸山貴代は長身の、三十五歳の美人妻だった。

夫は一流企業の課長で、小学生の息子がひとりいる。

頭もよく、気が利くので、紗季に信頼されて、その右腕として重宝されている。

テニスの経験は紗季のほうが長いはずだが、実力的には貴代がいちばんで、シングルスだったら、間違いなくナンバー一だ。

「きみ、セックスしていたでしょ、里美さんと」

貴代が近づいてきた。

ジャケットをはおり、ぴったりとフィットしたスキニーパンツを穿いていて、そのマニッシュなファッションが貴代にはよく似合っている。

「いえ……里美さんが言っていたように、バックの練習を……」

「同じバックでも、立ちバックなんじゃないの。ほら……」

貴代がハーフパンツを持ちあげたイチモツをぎゅっと握ってきた。

「あっ、くっ……！」

「あ、くっ、じゃないわよ。ここをこんなにさせて……さっきから、ずっと勃ちっぱなしじゃないのよ」

貴代が前にしゃがんで、いきなりハーフパンツをおろした。

膝までさがって、いきりたつものがぶるんっとこぼれ出る。

翔太はあわてて股間を隠そうとしたが、その前に、イチモツを握り込まれた。

「あっ……！」

「やっぱりね。まだ、ぬるぬるじゃないの。里美さんのマン汁で」

そう言って、貴代はさっと手を離し、濡れた手のひらをハンカチで拭《ぬぐ》った。

「まったく、このわたしに汚いものを触らせて……いいから、早くシャワーを浴びて、そのマン汁をきれいにしなさい。シャワーを浴び終えたら、またここに来なさい。待っているから」

「えっ、待っていらっしゃるんですか？」

「そうよ。説教しなくちゃいけないから。早く！」

「ああ、はい……」

翔太は急いで、シャワールームに向かう。

最悪だった。

丸山貴代は今野紗季の右腕的存在だ。このままでは、里美との情事を告げ口されてしまう。そうなったら自分は終わる。紗季は専属コーチである真行寺聡と関係が強い。

紗季が知ったら、それが真行寺コーチに伝わって、自分は間違いなくクビだ。

せっかくのアルバイトである。どうにかして、クビは免れたい。

そう思いながら、急いでシャワーを浴び、股間を石鹸でよく洗う。

浴び終えて、シャツにジーンズに着替えた。

ラケットをおさめたリュックを背負って、ミーティングルームの前まで行くと、貴代が待っていて、

「行くわよ」

先に立って歩きだした。

2

貴代の運転する乗用車の助手席に乗ると、貴代は車をスタートさせて、里美との経緯を根掘り葉掘り訊いてきた。

「全部話しなさい。そうしたら、紗季さんにはしゃべらないから」

そう言われて、翔太はスポーツ用品につきあってから、家で手料理をご馳走になり、自然にそういう関係になったということを細かく話した。

話の流れで、それまで童貞だったことを告げると、

「じゃあ、里美さんに筆おろしをしてもらったのね？　どうだった？」

貴代が興味津々《きょうみしんしん》で訊いてきた。

この人はとてもマニッシュな感じで、日頃はほとんど下ネタには関心を示さな

い。

だが、本心はどうも違うらしい。そのことに驚きながらも、訊かれるままに、初体験を話した。

すると、貴代はますます食いついてきた。

信号待ちで車を止めると、

「きみ、ズボンをおろして、そこでオナニーしなさい」

まさかのことを言う。

「無理ですよ。見えちゃいます」

「いいから、しなさい！　早く！」

貴代が高圧的に命じてくる。

本当はしたくないが、貴代には里美との情事を知られているから、ここはやるしかない。

翔太はジーンズとブリーフを膝までおろして、半勃起しているものを握った。

ゆっくりとしごくと、それはたちまち硬く、勃起してくる。

信号が変わって、車がスタートした。その間も、翔太は命じられるままに、いきりたちを握りしごいている。

そして、貴代は肉柱を手コキするところを、ちらり、ちらりと見ながら、車を走らせる。

左手をハンドルから離して、いきなりぐっと伸ばした。

助手席でそそりたっている勃起を上からつかんで、ゆったりとしごく。手しごきしながらも、貴代は片手ハンドルで車を運転している。

信じられなかった。

高級住宅地に住む美貌の人妻が、運転しながら助手席の大学生のおチンチンを握りしごいているのだ。

翔太は湧きあがる快感をこらえながら、通行人や対向車に見られていないか気になって、時々、周囲を確かめる。

高級住宅街の人通りは少なく、対向車もほとんどない。

(大丈夫だ。だけど、大胆すぎる。こんな美人なのに、やることはすごい！)

手コキの快感を味わっているうちに、交差点の信号待ちで車が止まった。すると、

「信号が変わったら、教えてね」

そう言って、貴代がこちらに向かって上半身を倒してきた。

（え、ええ、えええ……！）

貴代は右手で肉棹を支えながら、切っ先に唇をかぶせて、顔を振りはじめた。

柔らかな唇で敏感な亀頭冠をつづけざまに擦られて、グーンと快感が高まり、うっとりして目を閉じたくなる。

それを、「ダメだ。信号を見ていないと」と自分に言い聞かせる。

「んっ、んっ、んっ……ジュルルル」

貴代が激しく唇を往復させて、啜りあげてくる。その唾音がいやらしすぎた。

目の前の赤い信号が快感で滲んでくる。

貴代はいったん吐き出して、かなり上から唾液を落とす。それが見事に亀頭部に命中し、貴代は薄く笑って、唾液を指で亀頭冠に塗り込める。

「どう、気持ちいい？」

婉然《えんぜん》と微笑んで、横から翔太をアーモンド型の目で見る。

「気持ちいいです……」

「よかった……」

そう言って、貴代はしなやかな指を肉柱にからませて、素早くしごいてくる。

「ああ、ダメだ……あっ、青に変わりました」

「ほんとだ。きみは、しごきつづけるのよ」

そう言って、貴代はアクセルを踏む。

高台にある貴代の家に到着するまで、翔太はいきりたちをしごきつづけた。

車庫の前まで来て、貴代がリモコンを押すと、シャッターが開いて、そこに貴代は車を入れる。

ガレージにはもう一台の高級車が停まっていて、その隣に愛車を停めると、ふたたび貴代がリモコンを操作して、シャッターを閉める。

「息子は今、塾に行っていて、あと一時間半したら帰ってくる。主人の帰宅は夜。それまで、ここでしましょ。さすがに家のなかではできないけど、ガレージには絶対に誰も来ないから……いったん出て、ジーンズを脱いでちょうだい」

貴代が言う。

「でも、ご主人がいらっしゃるんでしょ？　大丈夫ですか？」

「大丈夫。うちの主人、『妻だけＥＤ』なの。わかる？」

「……あの、確か、奥さまだけに勃《た》たないっていう」

「そう。あの人、わたしにだけ勃たないのよ。女がいるの。自分の部下のＯＬで、若いのよ。その女には勃つらしいの。失礼な話でしょ？　だから、わたしが大学生コーチと不倫したって、罪悪感はないし、あの人はわたしを責められない。そうでしょ？」

「ええ、ああ、まあ、はい……」

「見つからなければいいのよ。あの人は見つかったけどね。いいから、外に出ましょう」

そう言って、貴代は車を降りる。

（そうか……妻だけＥＤは奥さんとしても、いやだろうな）

貴代がやけに積極的な理由がわかったような気がした。

翔太も車を降りる。

ガレージには照明が灯っている。その明かりのなかで、貴代は腰を振りながらスキニーパンツをおろして抜き取り、ジャケットも脱ぐ。

濃紺のハイレグパンティが、白いブラウスの裾から見えていて、ドキッとする。

翔太がジーンズとブリーフを脱ぐと、

「車のなかでしましょ。そのほうが安心できるから」

貴代が後ろのドアを開けて、乗り込んだ。

翔太も後部ドアから入っていく。貴代がリアシートに座って、ブラウスのボタンを外していくところだった。

ブラウスのボタンを外し終え、脱がずに、そのままリアシートに仰臥して、

「来て……」

翔太を誘う。

覆いかぶさっていくと、貴代は唇を合わせて、濃厚なキスをしながら、右手をおろして、翔太の勃起を握ってしごいてくる。

唇を吸われて、イチモツを情熱的に擦られるうちに、疼《うず》くような快感が押し寄せてきた。

童貞を卒業したばかりでよくわからないが、山口里美も丸山貴代もすごくセックスが上手な気がする。やはり、セックスが達者でないと、エリート社員を射止めることはできないのかもしれない。

だとしたら、このへんの高級住宅街の人妻たちは、みんなセックスが達者ということになるのだが……。

翔太は唇へのキスを終えて、濃紺の刺しゅう付きブラジャーをもみもみする。

すると、貴代が背中に手をまわしてホックを外し、ブラジャーをゆるめた。

カップがずれて、きれいな乳房がこぼれでてくる。

直線的な上の斜面を下側の充実したふくらみが押しあげた美乳で、大きさはDカップくらいだろうか、揉み込むと柔らかく沈み込みながら、豊かな弾力で指を押し返してくる。

翔太の指が乳首に触れた途端に、

「ぁあああ、そこ……」

貴代がびくんと震えて、人差し指を口許に添えた。

(そうか、きっと乳首が弱いんだな……)

赤く染まっている突起をかるく指先で捏ねるうちに、そこが一気に硬くしこってきて、

「ぁああ、あうぅぅ……いいの。乳首が気持ちいいのよ……あうぅぅ、もっと」

そう言って、貴代は右手の人差し指の甲を嚙んで、喘ぎをこらえる。

もう一方の乳首を舐める。翔太もこれで二人目だから、少し余裕がある。

上下左右に舌を走らせて、かるく吸ってみた。

「ぁああぁ、それ……ぁああ、ああうぅ、吸われると気持ちいい。ぁああ、あうぅぅぅ」

貴代がぐーんと顔をのけぞらせて、後頭部をリアシートに擦りつける。

ガレージには明かりが点いていて、その照明が車内にも射し込んで、貴代の乳房も顔も見える。

もちろんカーセックスは初めてで、リアシートでのセックスはスリルがあってすごく昂奮する。とくに、相手が普段はツンツンしているツンデレ人妻だから、余計に高まってしまう。

翔太は乳首をかわいがりながら、下腹部も攻めた。

濃紺のパンティの張りつく基底部を指先でなぞると、そこはすぐに湿ってきて、やがて、パンティ越しにでも、くちゅくちゅといやらしい音が聞こえた。

きっと、内部はぐちゃぐちゃに濡れているのだ。

妻だけＥＤで放っておかれた身体は、もう欲しくてたまらない状態になっているのに違いない。

乳首を舐ながら、パンティの基底部を擦った。すると、貴代はもう我慢できないとでも言うように下腹部をぐいぐい持ちあげて、

「ぁああ、ぁああうぅぅ……もっと、もっとして」

美貌をくしゃくしゃにして、せがんでくる。

翔太はリアシートの上でパンティに手をかけて、引っ張りおろした。上にあげ

た足先から抜き取ると、すらりとした美脚があらわになった。

コート上でも、貴代の足はいちばんエロい。ただすらりとして長いだけではなくて、太腿は脂肪を適度にたたえて、むっちりとしている。

足首は細くて、いつもその短いソックスから出た足首に目がいってしまう。

そのエロい足が今は大胆に開かれて、その奥に、朝食で食べる焼き海苔《のり》を貼ったような細長い陰毛が見える。

翔太は右側の膝をすくいあげて持ちあげ、あらわになった翳りの底にしゃぶりついた。

仄かな性臭がこもっていて、それを感じながら、狭間を舌でなぞりあげる。

貴代の左足は曲げられてシートの上に乗せられ、右足は床についている。あらわになっている女の花園を夢中で舐めた。

べろっ、べろりっと粘膜に舌を走らせ、上方でせりだしている肉芽を舌で刺激する。

雨合羽のフードをかぶったような突起を弾いていると、貴代が右手をおろして、指を包皮に当てて引っ張りあげた。つるっとフードが脱げて、

「ぁあああ、じかにちょうだい。お願い……」

貴代が腰を揺すって、せがんでくる。

翔太はそのあらわになった肉の真珠を舐める。里美のクリトリスよりもずっと大きい。二倍くらいはある。しかも、色が濃い。

（おチンチンがそうであるように、クリちゃんも人によって全然違うんだな）

そう思いながら、くっきりと大きな本体を上下左右に舌で弾き、吸ってみる。チューッと吸うと、

「やぁあああ……！」

貴代はガレージの外に洩れそうなほどの嬌声を噴きあげて、ブリッジするみたいに尻をシートから浮かせた。

さらに断続的に吸引すると、貴代はブリッジしたまま、ぶるぶると太腿を震わせて、

「ぁあああああ……！」

獣染みた声をあげて、シートの縁を鷲づかみにする。やがて、

「欲しい。入れて、お願い」

貴代が訴えてきた。

挿入する前に、このツンデレ人妻にしてほしいことがあった。

「その前に、俺のあそこを……その……」

おずおずと切り出すと、貴代は、

「わかったわ。ここに寝て」

リアシートを指差す。

貴代と入れ違いに、翔太は布のカバーがしてあるシートに仰向けになり、片足だけ床についた。

すると、貴代が股間に向けてしゃがみ込んできた。

いきりたつものをツーッ、ツーッと根元から舐めあげ、裏筋を攻めてくる。びくびくっと躍りあがる分身を上から頬張ってきた。

気持ちが急《せ》いているのか、「んっ、んっ、んっ」とつづけざまに唇を上下にすべらせて、勃起をしごいてくる。

「ぁあああ、ダメです！」

翔太はガレージのなかで声をあげる。

貴代がいったん顔をあげて、言った。

「いいのよ、出して……呑んであげるから」

「でも、それだと……」

「平気よ。きみの若さなら、すぐに回復する。回復させてみせるわ。だから、安心して出して」

口角を吊りあげて言い、貴代がまたしゃぶりついてきた。

根元まですっぽりと口に含んで、ゆったりと唇をすべらせる。途中でチューッと吸って、バキュームフェラをする。

繊細な頬が大きく凹んでいて、いかに強く勃起を吸い込んでいるのかがよくわかる。

ジュルル、ジュルルッといやらしい唾音を立てて、吸い込む。

真空になった口腔に切っ先が吸い込まれていくような快感に、翔太は唸る。

すると、貴代はちゅぽんっと吐き出して、艶めかしく微笑みながら、亀頭冠の真裏をちろちろと舐めてくる。

そうしながら、翔太を潤んだ瞳でじっと見あげてくるのだ。

(ああ、色っぽい！)

貴代はコート上のきびきびしたプレーからは想像できないほどに妖艶で、色っぽかった。

貴代はまた頬張って、激しく唇を往復させる。

ちょっと顔の角度を変えた。すると、貴代の片方の頬が異常なほどに丸くふくらんでいた。

そして、顔を打ち振るたびに、頬のふくらみが移動する。

(これって、もしかして、ハミガキフェラ?)

きっとそうだ。歯ブラシで歯を磨くときのように頬がふくらむから、そう名付けられたと聞いていた。確かにその通りで、片方の頬がリスの頬袋みたいにぷっくりとふくらんでいる。

貴代は反対に顔を傾けて、もう一方の頬もふくらませる。そうしながら、頬の粘膜で亀頭部を擦りつけてくる。

気持ち良かった。

それ以上に、自分の顔が醜《みにく》くなるのをかまわずに、ハミガキフェラしてくれる貴代を愛おしく感じた。

(尽くされるって、こんな感じなんだろうな)

翔太はこれまで女性と相思相愛の関係になったことがないから、よくわからなかった。

貴代はハミガキフェラをやめて、屹立をまっすぐに咥えた。

根元を握り込んで、しごきながら、それに合わせて、唇と舌で亀頭冠を攻めてくる。

ぎゅっ、ぎゅっと根元を強く握りしごかれると、乳が搾りだされるようにして、精液があふれそうになる。

さらに、亀頭冠のくびれをなめらかな唇と舌で引っかけるように、ぐちゅぐちゅと摩擦されるうちに、急激に射精感がふくらんできた。

やはり、亀頭冠がいちばん感じる。

若干余っていた包皮を完全に剝きおろされて、あらわになったカリをつづけざまに細かく摩擦されるうちに、とても我慢できそうにもない陶酔感がひろがってきた。

「ぁああ、出ます！」

訴えると、貴代がうなずいて、さらにピッチをあげた。

「んっ、んっ、んっ……！」

くぐもった声とともに、強く根元を握りしごかれ、亀頭冠のくびれを巧妙に擦りあげられると、一気に高まった。

「ぁああ、出ます！」

「んっ、んっ、んっ……！」

つづけざまにしごかれたとき、翔太は白濁液を口腔めがけて放っていた。

そして、貴代はしぶくものをこくっ、こくっと呑んでくれている。

3

貴代はリアシートの上で、自分のテニスラケットを持って、ガットを乳房に擦りつけていた。

ブラウスもブラジャーも外し、愛車のなかで素っ裸になっていて、そのあらわになった美乳にラケットの面を擦りつけては、

「ぁああ、いいの」

幸せそうな顔をする。

すごい光景だった。

縦横に張られたガットが胸のふくらみに食い込み、赤い乳首が小さな四角から突き出している。貴代が身体を揺するたびに、乳首がガットで擦れて、押しつぶされる。

「見えてるでしょ？　わたしの乳首が擦れているのが？」

貴代がぼぅとした目を向ける。

「はい……すごいです」

「前から一度やってみたかったの。昂奮しない？」

「昂奮します」

「ねえ、舐めて……ガットから突き出したわたしの乳首をべろべろしてほしい。いいでしょ？　さっき、呑んであげたじゃない」

「はい」

翔太は近づいていき、ラケットの編み目が食い込んでいる乳首を舐める。ナイロンガットの感触があって、そこに乳首の肉感が混ざって、特別な感触だ。

舌がガット越しに乳首に触れると、

「ぁああ、感じる……きみの舌を感じる。ぁああ、へんになりそう」

そう喘ぎながら、貴代はラケットの面を乳房に擦りつけて、もうたまらないといった様子で尻をくねらせる。

それから、ラケットをシートに突いて、斜めになったラケットの柄の部分に、太腿の奥を擦りつける。

リアシートの上に踏ん張ってしゃがみ、M字開脚した太腿の奥をラケットの柄に押しつけては、

「ぁああ、ああ、気持ちいい……」

翔太をとろんとした目で見る。

あふれだしている蜜でラケットの柄がどんどん濡れて、光ってきている。そのとき、

「ねえ、乳首を舐めて……お願い」

貴代が求めてきた。

翔太も正面から、乳房を揉みしだき、乳首に舌を這わせる。れろれろっと弾いて、吸うと、

「ぁああ、いい……たまらない。欲しくなってきた。きみのカチンカチンが欲しくなってきた」

貴代はそう言って、ますます強く、濡れ溝をラケットに擦りつける。

翔太も勃起を突き入れたい。だが、まだそこは完全にはエレクトしていない。

「そ、その前に、おしゃぶりしてもらえますか？」

「いいわよ。ここに足を開いて座ってみて」

貴代に言われるままにリアシートに座って、足を開く。すると、貴代は助手席とリアシートの間にしゃがんだ。

すぐさま屹立に顔を寄せて、上から唇をかぶせてきた。

ずりゅっ、ずりゅっと口でしごき、いったん顔をあげて、

「はぁああ……」

と、喘いで、上から唾液を落とした。

命中した唾液を指で亀頭冠に塗り込めるようにして、ちゅるり、ちゅるりと指でしごいてくる。

また頬張り、素早く顔を打ち振って、亀頭冠を攻める。

「ぁああ、それ、たまらない」

翔太はもたらされる快感にうっとりと酔いしれる。

貴代はますますピッチをあげて、カリとそのくびれを唇と舌でちゅるちゅるとしごきたててくる。

いつの間にか、右手が茎胴を握って、同じピッチで擦っている。

「ぁああ、ダメだ。出そうだ！」

ぎりぎりで訴えると、貴代が肉棹をちゅるっと吐き出した。

それから、リアシートにあがって、翔太の腰をまたいだ。

正面からの座位の形で、いきりたっているものを翳りの底に導き、何度か擦りつけた。

「ぁああ、気持ちいい……入れるわよ」

貴代は屹立に指を添えて、腰を沈めてくる。

怒張しきったものが温かくて、窮屈な入口をこじ開けていく確かな感触があって、

「ぁあああ、いい！」

貴代は屹立から手を離して、翔太の肩につかまった。

（ああ、熱い……すごい。なかが波打ってる！）

翔太は歓喜に酔いしれた。

それに、目の前には、乳首のツンと尖った高慢そうな美乳があらわになっている。

貴代が顔を寄せてきた。

ちゅっ、ちゅっとついばむようなキスをして、舌を差し込んでくる。なかで舌をからめながら、貴代はもう我慢できないとでも言うように腰を揺する。

（ああ、最高だ！）

キスとともに勃起を揉みしだかれる。

その腰振りが徐々に激しくなっていき、貴代はキスをやめて、肩に置いた腕を伸ばして、腰を打ち振っては、

「ぁああ、あうぅぅ……気持ちいい。オマ×コが悦《よろこ》んでるのよ。きみのおチンチン、硬くて気持ちいい……ぐりぐりしてくる。なかをぐりぐりしてくる……ぁああうぅ、止まらない。腰が勝手に動くの」

貴代は肩に手を置いた状態で、ぐりん、ぐりんと腰をグラインドさせる。

たまらなかった。

熱くて蕩けた肉路に深々と嵌まり込んだ屹立が、激しい動きで揉み抜かれ、ぐんと快感が高まる。

必死に暴発をこらえていると、

「ねえ、オッパイを吸って」

貴代が求めてきた。

やはり、この姿勢だと胸にしゃぶりつくのが、男の役割なのだろう。

翔太は目の前の美乳をつかみ、その先端の突起を舐めた。

ゆっくりと舌でなぞりあげると、それだけで、

「ぁああ、気持ちいい……ぞわぞわする」

貴代が気持ち良さそうに腰を揺する。

(確かさっきも、乳首が感じると言っていたな)

翔太は乳首に貪りついて、なかで舌をからみつかせる。チューッと吸って、吐き出す。

また頬張って、なかで撥ねる。

それを繰り返すうちに、貴代はもう我慢できないとでも言うように腰をまわし、前後に揺すった。くいっ、くいっと鋭く腰を振るので、屹立が膣の粘膜に擦りつけられて、ぐんと快感が増す。

さっき口内射精していなかったら、きっとまたすぐに射精していただろう。

「ぁああ、あああ……」

のけぞるようにして腰を振る貴代は、美貌をゆがめて、ひたすら快楽を追い求める姿がとても魅力的に映る。

それから、貴代は腰を上下に振りはじめた。

翔太にしがみつくようにして、尻をぎりぎりまで浮かし、そこから、打ちおろ

してくる。

屹立が窮屈な膣で摩擦されて、翔太は発射しそうになるのを必死にこらえた。そして、貴代はますます激しく腰を上下動させて、

「あんっ、あんっ、あんっ……」

悩ましい声をあげる。

車が揺れているのがわかった。

貴代の激しい上下動の衝撃で、車も波打っている。

「ぁあああ、いや……車が揺れてる。ぁああ、恥ずかしいわ。わたし、こんなになって……でも、主人がいけないのよ。わたしを放っておくから。そうよね？」

「はい、そう思います」

「そうよ、そうなのよ、あの人がいけないの……ぁああ、きみのおチンチン、硬くて、長くてたまらない。ストレートに奥を突いてくる。主人より気持ちいい……ぁああ、すごい、すごい……奥が苦しい……」

口ではそう言いながらも、貴代の動きは弱まるどころか逆に激しくなって、大きく弾みながら、

「あんっ、あん、あんっ……ぁああ、イキそうなの。オッパイを、ぎゅっとして。

お願い……」

貴代が求めてきた。

(こうだな……)

翔太は右手で乳房をつかみ、モミモミしながら、乳首をつまんで転がす。そうしながら、左手を貴代の腰に添えて、動きを助けていた。

こうした方が、動きやすいだろうと思ったからだ。

翔太はかろうじて暴発をこらえている。

そして、貴代はもう何が何だかわからないといった様子で腰を上下に振りまくり、

「あんっ、あんっ、あんっ……ぁあああ、イクわ。イッていい?」

眉を八の字に折って、訊いてくる。

「いいですよ。イッてください。ぁああ、俺も気持ちいい」

貴代が腰を振りおろすその瞬間を見計らって、ぐーんと腰を突きあげると、

「イクぅうううう……!」

貴代はのけぞりながら、翔太にしがみつき、がくん、がくんと痙攣した。

4

だが、まだ翔太は射精していない。

昇りつめた貴代はぐったりしていたが、やがて、ちらりとスマホをみて、時間を確認した。

「あと、三十分は大丈夫。もっとしたいの。できそう?」

訊いてくる。

「ああ、はい……できます」

「若いってすごいのね。主人より全然元気でタフだわ」

そう言って、貴代は自ら結合を外し、リアシートに仰向けに寝て、

「ちょうだい」

と、曲げた足を開いた。

細長い漆黒の翳りが流れ込むところに、ふっくらとした媚肉がひろがって、赤い内部をのぞかせている。

翔太はシートにあがり、ギンギンにいきりたっているものを恥肉に押し当てる。

前回は穴の位置がわからなかったが、今回はどうにかなりそうだ。

わずかに口を開いているピンクの開口部に切っ先を押し当てて、慎重に進めていく。

上手くいった。

硬直が膣口を押し広げ、ぬるぬるっとすべり込んでいき、

「はうぅぅ……！」

貴代は顎《あご》をせりあげて、シートをつかんだ。

「ぁああ、すごい……締まってくる。吸い込まれそうだ」

翔太は湧きあがる快感をこらえようと、奥歯を食いしばった。

まだ挿入しただけなのに、粘膜がくいっ、くいっと勃起を内へ内へと誘い込もうとする。

その内側へのうごめきがたまらなかった。

こらえていると、貴代がもう待てないとばかりに自分から腰をつかいはじめた。

片足をシートに、もう一方の足を床について、ぐいっ、ぐいっと下腹部を持ちあげて、切っ先を深いところに導く。

「ぁあああ、くっ……！」

翔太はどうにかして射精感をやり過ごし、自分から動きはじめた。

両方の膝を上からつかんで開かせ、潤みきった肉路に怒張を叩き込んでいく。

乗用車のリアシートだから、狭いし、頭がルーフにぶつかりそうになるし、いろいろと制限はある。

それでも、この不自由さが、自分は生徒の人妻といけないカーセックスをしているのだという背徳感を呼び起こして、昂奮してしまう。

ガンガン腰を叩きつけると、その衝撃で車が揺れて、

「あん、あんっ、ぁあああんんっ……」

貴代は艶めかしい声をあげて、シートをつかむ。

打ち込むたびに、たわわな乳房がぶるん、ぶるるんと縦に揺れて、貴代は顔をいっぱいにのけぞらせる。

仄白い喉元をのぞかせ、すっきりした眉を八の字に折って、今にも泣きださんばかりの顔で喘いでいる。

山口里美もそうだった。人妻は満たされているわけではなく、むしろ、寂しがっている者が多いのだと思った。

セックスレスの夫婦は多いとは聞いていたが、その実感はなかった。しかし、

今はそれをひしひしと感じている。

寂しい人妻には、翔太のように経験の少ない大学生はあしらいやすく、後腐れもなくて、ちょうどいい存在なのだろう。

「ぁあ、すごいわ。ガンガンくる……ぁああ、たまらない」

貴代は自分で乳房を鷲づかみして、揉みしだき、乳首を細かく振動させて、

「ぁああ、また、またイキそう」

低い声で言う。

翔太はどうにかして射精をこらえ、上から怒張を叩きつける。

すると、貴代は指先で細かく乳首を叩きながら、

「ぁああ、イク、イク、イッちゃう……！」

顔をいっぱいにのけぞらせたと思ったら、

「イクぅ……！」

凄絶に呻いて、がくん、がくんと躍りあがった。

（イッたのか？　まだ俺は出していないんだけど、どうしたらいいんだ？）

悩んでいると、貴代が言った。

「外でしましょ。大丈夫よ。ガレージのなかなら」

二人は車から出て、貴代がボンネットに両手を突いて、後ろに腰を突き出してくる。

こうすると脚線美が強調されて、いっそう美しい。

「立ちバックでちょうだい。これが好きなの」

貴代がくなっと腰をよじった。

うなずいて、翔太は尻を引き寄せ、蜜まみれの怒張で狙いをつけた。

(ここか？　このへんだよな)

尻たぶの谷間をアヌスからおろしていき、濡れたところで止めて、じっくりと腰を入れる。

最初は上へとすべった。

もう少し下だったかと、ずらして力を込めると、今度は上手くいった。

切っ先がぬるぬるっと熱い滾《たぎ》りをこじ開けていって、

「はうぅぅ……！」

貴代が顔を撥ねあげた。

とろとろに蕩けた肉の筒が勃起を強く包み込んできて、翔太は一瞬にして放ちそうになり、かろうじてこらえる。

「ねえ、ぶって……お尻をぶって」

貴代がまさかのことを頼んでくる。

「ぶつんですか？」

「ええ……わたしは不倫して、何度もイッてるどうしようもない女なの。だから、そんなわたしを罰してちょうだい。お仕置きして」

予想外の展開に驚きながらも、翔太は右手を振りあげる。

尻たぶを平手で叩くと、パチーンと乾いた音が爆ぜて、

「いやぁあああ……！」

貴代が悲鳴に近い声を放った。翔太がためらっていると、

「もっと、もっとぶって……遠慮しなくていいから」

貴代がさらにねだってくる。

翔太はつづけざまに尻をぶった。スパン、スパンと打擲音《ちょうちゃくおん》が鳴って、

「あん、あん、あん……いやぁあああ……！」

貴代の悲鳴がガレージに響きわたる。

打たれた尻たぶが、見る間にイチゴジャムみたいに赤く染まってきた。

「ぁああ、ちょうだい。突いて……思い切り突いて……燃えているわ。お尻が燃

えているのよ……今よ、ちょうだい。ガンガン突いて！」

貴代がぐいと尻を突き出した。

「行きますよ。そうら……」

女性のお尻をぶったことで、翔太もひどく昂奮していた。それをぶつけるように、後ろからの立ちマンで怒張を叩き込むと、

「あんっ、あんっ……ぁあああ、いいの。痺れてる。お尻がジンジンする。熱いよ。熱いよ……ぁああ、気持ちいい。突いて、今よ。イカせて」

貴代がせがんできた。

翔太は今が男の見せ所とばかりに、腰を叩きつける。

「あんっ、あん、あっ……すごい、すごい！」

貴代がさしせまった声を放って、車のボンネットにしがみつく。

深いところに突き刺しているうちに、射精前に感じるあの逼迫《ひっぱく》した感覚が押し寄せてきた。

「ぁああ、出そうだ」

「いいのよ、出して。大丈夫な日だから」

「はい……出しますよ。うおおお！」

吼えながら猛烈に叩きつけたとき、

「イク、イク、イッちゃう……イクぅ、やぁあああああ！」

貴代が嬌声を張りあげて、のけぞった。

今だとばかりに強打したとき、翔太にも至福の瞬間がやってきた。ぐいと奥まで貫いたとき、体のなかで花火があがった。

（ぁああ、最高だ……！）

今日二度目だというのに、射精は永遠につづき、放ち終えたときは精根使い果たして、がっくりと背中に凭《もた》れかかっていた。

第三章　セレブ妻と濃厚な情事

1

その日、専属コーチの真行寺聡がスクールに来て、実戦指導をしていた。

真行寺は四十五歳のダンディなコーチで、若い頃はテニスのプロプレーヤーとして活躍していた。後年はテニスコーチとなり、主に素人《しろうと》中心のテニススクールを開いて、生計を立てている。

もともと富豪の息子で、小さな頃から硬式テニスをしていて、テニスが身についている感じだ。

世界的なプレーヤーを自分の手で育てる気はないらしく、もっぱらテニスの裾野をひろげることに精を出している。

四十五歳になっても、元お坊ちゃんの甘いマスクは健在で、テニススクールの女性には圧倒的なカリスマ性を持ち、人気は抜群だ。

普段はだらだらと練習をつづけている人妻たちも、真行寺の指導を受けるとなると、顔色を変えて、引き締まった顔でレッスンを受けている。

コーチングでちょっと手でも触わられようものなら、あとで、『コーチ、わたしにタッチしてきたのよ。誘っているのかしら……誘っていただけたら、絶対についていくのに』などと、女性同士でわいわい話をする。

午後の時間帯は、真行寺の指導を受けられるとあって、二十名の女性が参加していた。ちなみに、真行寺は女性の生徒専門で、男性は別のコーチが見る。

翔太は真行寺のアシスタントだから、女性だけしかコーチをしたことはない。

それが、翔太がこのアルバイトを絶対に辞めたくない理由でもあった。

現に、翔太はここで、山口里美に童貞を卒業させてもらい、丸山貴代とも不倫セックスをするという僥倖《ぎょうこう》に恵まれた。

世の中、上手くいくときはいくのだと思った。

そして、里美も貴代もセックスがとても上手で、一回するだけで、翔太は何度も射精してしまう。不屈の闘志で復活するイチモツを、二人ともたっぷりと愛してくれた。

自分で言うのもへんだが、翔太はこの数週間で、急激に成長したように感じている。

先日の土曜日、大学のテニス同好会に、ひさしぶりに石原莉乃がやってきて、一緒にテニスをした。

莉乃は相変わらず凛《りん》とした美しさをたたえていたが、翔太が女体を知ったせいなのか、これまでとは見え方が違った。

スポーツブラで押さえている乳房が揺れると、翔太にはブラジャーを外した莉乃の先のツンと尖った、たわわだが形のいい乳房の形が頭に浮かんだ。

スコートがめくれて、むっちりとした健康的な太腿とその奥のアンダースコートがのぞくと、ついつい女性器の形状や挿入時のホールド具合を想像してしまうのだ。

練習が終わったときに、莉乃が汗をタオルで拭《ふ》きながら、近寄ってきて、

「気のせいかしら。狩野くん、ちょっと見ない間に、すごく大人びてきたね。何かあった？」

笑顔で話しかけてきた。

（やっぱり、勘のいい女性にはわかってしまうんだな）

内心ドキッとしつつ、莉乃の甘酸っぱい汗の香りを感じながら、

「い、いえ……何も……」

翔太はおどおどして、ウソをついた。

「やっぱり、何かあったのね？　ひょっとしてガールフレンドができた？」

莉乃は汗を拭き終えて、正面から見つめてくる。

「いえ……」

「そう……言いたくないのね。わかった。頑張ってね。応援しているわよ」

最後に、莉乃は翔太の肩を励ますように叩き、クラブハウスへと去っていった。

そのしばらくあとで、ツーシーターのスポーツカーに乗った彼氏らしい男が迎えにきたから、まだ二人はつづいているのだろう。

それでも、莉乃は自分のことを気にかけてくれた。そのことがうれしかった。

(俺は絶対にこの人を抱く。そのための準備を今はしているのだ)

翔太はあらためて自分の彼女への愛情を確認したのだった。

スクールで、翔太は真行寺の助手として、三時間、目一杯に動いた。

さすがに疲労を覚えた。そこで、最後に真行寺に「見本として、ワンセットマッチするか」と声をかけられた。

相手は元プロである。絶対に負けるよな、と思いつつも、試合に応じた。

やはり、真行寺聡は上手かった。

とくにバックのスライスが素晴らしく、ネットすれすれのボールがこちらのコートにバウンドすると、ツーッとすべっていき、その低い球を打ち返すのは、とても難しかった。

それでも、サービスゲームで二ゲーム取って、六対二まで漕ぎつけたのだから、善戦したほうだろう。

試合を終えると、周囲の生徒たちがすごいものを見せてもらったという様子で拍手してきたから、翔太もやってよかったと思った。

レッスンを終えて、クラブハウスでシャワーを浴び終えて出ると、そこに、真行寺が待っていて、

「今から、今野紗季さんのお宅に招待されているんだが、つきあってくれないか？　コーチがひとりで生徒さんの家に呼ばれていくと、怪しまれるからな。何か予定は入っているのか？」

「いえ、何も……」

「どうせそんなことだろうと思ったよ。よし、行こう。紗季さんが乗せていってくれるそうだ。駐車場まで行こうか」

真行寺は蕩けるような笑みを口許に浮かべて、先に立って歩きだした。

国産車の最高クラスの乗用車を降りると、目の前に、広々とした庭を持つ白亜の豪邸が建っていた。

紗季の夫は一流企業の取締役で、すでに六十五歳を超えている。

時々、海外にある支店を視察しに出かけるのだが、今回もロサンゼルスにある支店の視察で、あと二週間は帰国しないと言う。

紗季が三十九歳で、夫が六十五歳だから、年齢差は二十六歳。

聞けば、夫は再婚で、前妻との間に二人の子供がいるが、その二人ともすでに自立して、この邸宅にはいない。

紗季は三年前に後妻に入った。財産目当てと陰口を叩かれたらしいが、紗季はいっこうに動じておらず、この豪邸での暮らしを愉しんでいるようだ。

銀座のクラブのママをしているときに、夫に見初められ、クラブママを辞めて玉の輿《こし》に乗った。

紗季の贅沢志向とカリスマ性は、クラブのママ時代に培《つちか》われたもののようだ。

そして、夫が海外へと行った留守には、鬼のいぬ間にとばかり、紗季はセレブ妻を謳歌《おうか》するらしいのだ。

真行寺も夫が海外に行っている間に、ほぼ毎回、家に招待されるのだと言う。

真行寺と紗季の関係はどこか怪しいが、テニススクールで派閥を形成している紗季が、その専任コーチである真行寺を接待することは理に適《かな》っている。

現にこうして翔太を連れてきているのだから、不倫はできないだろう。ちなみに、真行寺は今四十五歳だが、二十八歳の若い妻と再婚している。

その結婚相手とは、テニススクールで出逢ったらしい。

真行寺も間違いなく女好きなのだ。

テニスのプロプレーヤーだった頃には、女性の取り巻きが多く、真行寺は取っかえ引っかえで女性を抱いていて、その蕩尽《とうじん》生活のせいで、世界には通用しなかったのだという風評がある。

二人はオープンキッチンのついた広々としたリビングに通された。

総革張りの高級ソファに座ると、

「ちょっと失礼するよ」

真行寺が紗季とともに、どこかに消えた。

五分経ってても帰ってこないので、不安になった。

（二人は何をしているんだ？　キスして、抱き合っているのか？）

翔太が席を立とうとすると、ようやく真行寺だけが戻ってきた。

「悪いな。ちょっときみには聞かせたくない相談があってね。もう終わったから……紗季さんは今、着替えているから。その間に、用意してある食べものを並べておくようにという指示だ」

真行寺が用意してあったチーズやオツマミ、サラダなどを大きなダイニングテーブルに並べ、それを翔太も手伝う。

やがて、紗季が二階から降りてきた。

リラックスできる部屋着のふわっとしたワンピースに着替えていた。

かるくウエーブした髪を後ろで束ね、やさしい笑みをたたえている。

中肉中背でバランスの取れたボディをして、顔はひとつひとつの造作がくっきりとしていて、恵まれた容姿をしている。

とくに目が印象的で、目尻がスッと切れあがっていて、妖艶《ようえん》な感じがする。

他の部分はバランスよくととのっているだけに、その妖《あや》しい目が目立つ。それが、今野紗季という女性の奥深さのようなものを演出していた。

翔太ごときが太刀打ちできない大人の女――。

それが、紗季のイメージだった。

しかし、こうやって家で見る紗季は、リラックスしているためか、とても柔らかな雰囲気をまとっていて、それが大人の色香を生んでいた。

真行寺聡と紗季は絶対に怪しい。

さっきも翔太の目を盗んで、キスでもしていたんじゃないかと思う。

真行寺コーチが自分を連れてきたのも、二人で来ているという客観的な言い訳が欲しかったのではないかと考えてしまう。

しかし、だからと言って、翔太がブスッとしていては、せっかくの招待を台無しにしてしまう。

翔太は二人の関係は気にしないようにして、努めて明るく振る舞った。

三人は広々としたダイニングテーブルで、ビールで乾杯をして、呑みはじめる。

紗季は途中で席を立って、夕食を作りはじめた。

手際よく洋食を作り、それを二人は食べた。

手の込んだ料理ではないけれども、美味しい。ツボを心得ている味付けだった。

紗季は何品か作り、それから、自分も加わって、ワインを呑む。

翔太も勧められるままにワインを呑んだ。

高級ワインらしいが、翔太にはワインの善し悪しはわからない。

そもそも、これまでも呑むのはほとんどビールで、ワイン自体あまり呑んだことがない。

真行寺はワインの味がわかるのだろう、

「いいワインだ。この年に作られたボルドーのワインはみんな美味い。当たり年だったんだ」

真行寺が言って、

「そうね。とくに、この赤ワインは最高……うん、やっぱり美味しいわ。深くて、飽きない」

紗季が目を閉じてワインを味わい、至福に満ちた顔をする。

ノースリーブのワンピースから突き出た二の腕や、ひろく開いた胸元が仄かにピンクに染まり、艶めかしさが滲んでいる。

テニススクールではお目にかかることのできない紗季の柔らかな物腰に、翔太の分身がぐぐっと反応した。

2

翔太は調子に乗って、呑み慣れないワインを呑みすぎた。

酔ってふらふらになった翔太に、紗季が言った。

「そんなに酔っていたんじゃ、帰れないわね。しばらく、うちにいたら？　休む？」

「はい……少し休んだら、復活すると思います」

「じゃあ、客間に布団を敷くから、そこで横になっていればいいわ。来なさい」

翔太は紗季のあとをついていった。

紗季は客間の和室に布団を敷いて、言った。

「ここで、休んで。何だったら、泊まっていけば？　わたしは全然かまわないから。明日は日曜だから、大学は休みでしょ？」

「はい……でも、悪いですから」

「今からじゃ、交通機関もないし、泊まっていきなさいよ。真行寺コーチは奥様が待っているから、帰ると思うけど……きみは泊まっていきなさい」

「ああ、はい……とにかく、少し休んでから決めます。すみません、こんなに酔ったのは初めてです」

「いいのよ……じゃあ、お休みなさい」

紗季が部屋を出た。

(やっぱり、紗季さんは面倒みがいいから、それで、リーダーとして認められているんだろうな。だけど、呑みすぎた。恥ずかしい……)

目を瞑《つぶ》ると、頭のなかがぐるぐるまわっていた。

(俺が眠っちゃったら、コーチはどうするんだろうか？　きっと、これ幸いとばかりに、紗季さんを抱くんだろうな。だけど、そうなったらダブル不倫だ。ダブル不倫か……ヤバいよな)

そう思いながらも、翔太は強い睡魔に襲われて、スーッと眠りの底に吸い込まれていった。


どのくらいの間、眠ったのだろう。

翔太は女の喘ぎ声で目を覚ました。

一瞬、ここがどこかわからなかった。すぐに、自分は今野紗季の豪邸にいるこ

とを思い出した。耳を澄ますと、

「あっ、あんっ、あんっ……」

女の喘ぎ声が、上の階からかすかに洩れてきた。

（この声は、紗季さんだよな……ということは、二階で真行寺コーチが紗季さんを……！）

絶対にそうだ。それ以外、考えられない。だけど、階下でお客さんが泊まっているのに、わざわざするか？

翔太は頭をひねりながら、静かに上体を起こした。

紗季の喘ぎ声が大きくなって、心なしか二階が揺れているようにも感じる。

「あんっ、あんっ、あんっ……！」

やはり、そうだ。きっと、二人ともいけないとわかっていても、欲望を抑えられなくなったのだろう。

このまま布団をかぶって寝てしまおうかとも思った。しかし、波打つような紗季の喘ぎ声が耳に飛び込んできて、いっそのこと二人のセックスを覗いてやろうという気持ちになった。

翔太は布団から出て、服を着る。静かに廊下を歩き、二階へとつづく階段をあがった。

もう酔いは醒《さ》めていた。

物音を立てないように廊下を歩くと、二階の角部屋から、紗季の喘ぎ声がかすかに聞こえてきた。

(ああ、すごい喘ぎ声だ)

翔太はどうしようか迷った。

このまま立ち聞きするか、去るか、それとも、なかの様子を盗み見するか？

理性的に考えるなら、このまま立ち去るべきだ。

しかし――。

いつの間にかエレクトした勃起が、翔太のズボンを押しあげて、その充溢感《じゅういつかん》が欲望の背中を押した。

(見たい……二人がやっているところを見たい。普段は澄ましている今野紗季は男に貫かれて、どんな顔をするのだろうか？)

周囲を見まわす。寝室の隣が和室になっていた。

おそるおそるドアを開けると、簡単に開いた。

和室だが、天井に近いところに欄間がある。隣室の薄明かりが射し込んでいて、あの隙間から寝室を覗けそうだ。

「ぁああ、いやいや……はうんん！」

欄間《らんま》を通して、紗季の声がはっきり聞こえた。

生々しすぎた。

心臓がドクッ、ドクッと強い鼓動を打ち、股間のものが完全に力を漲らせる。

周囲を見まわして、三つ重なっている丸椅子を見つけた。

上のひとつを慎重に抜き取って、隣室との境の壁の前に置く。バランスを崩さないように気をつけて、丸椅子にあがった。

唐草模様の欄間から静かに顔をのぞかせると――。

見えた……！

裸に黒いアイマスクをつけ、両手を金属の光る黒い拘束具でひとつにくくられた紗季が、ベッドで両手を頭上にあげ、すらりとした足をV字に開かされていた。

真行寺が上体を立てて、正面から激しく腰をぶつけている。

そして、打ち込まれるたびに、

「あんっ……ぁああんっ……ぁあんん……いや……下に聞こえちゃう」

紗季が眉根を寄せて言う。

「紗季が喘ぐからいけないんだ。何なら、猿ぐつわでも噛ましてやろうか？」

「猿ぐつわはいや……恥ずかしいから」

「恥ずかしいだって？　今だって、紗季は充分恥ずかしい格好をしているけどな。マン毛は生え放題だし……」

「それは、コーチがこうしろと言うから。恥毛の手入れはするなと……」

「そうだな。紗季は完璧だからな。どこか破綻《はたん》がないと、エロくないんだよ。せめて陰毛くらいぼうぼうにしておいてくれないとな。本来は、腋毛《わきげ》を生やさせたいが、それでは、恥ずかしくてサーブが打てないだろ？」

「ぁあん、もう……コーチったら」

「今度、腋毛を剃《そ》らないでおくんだ。サーブをするたびに、きみの腋毛が見えたら、盛りあがりそうだ」

「ぁあああ、もう、いじめないでよ……」

「いじめているわけじゃない。俺は今野紗季の魅力をいかに引き出すかに燃えているんだ。きみのダンナがさぼっているからな。俺が磨いた女を、ダンナが食ってる。ラッキーなダンナだよ」

そう言って、真行寺は足を放し、覆いかぶさっていく。

アイマスクで視覚を奪われている紗季に、ちゅっ、ちゅっとキスをして、乳房をつかんだ。

「はうぅぅ……！」

と、紗季が顔を撥ねあげた。

目が見えないから、いきなりオッパイをつかまれたような気がするのだろう。

ＡＶでは見たことはあるが、実際に目にするのはもちろん初めてだ。

視覚を奪って、両手をひとつにくくり、言葉でもいじめるなんて、真行寺はサディストに違いない。

コートではむしろ草食系なのに、いざとなると、男は変わるものらしい。そして、あの今野紗季がサディストを受け入れているなんて、現実ではないみたいだ。

真行寺は乳房を揉め、乳首を吸った。

そうしながら、腰をつかって、屹立を押し込んでいる。

そして、紗季はそれがいいのか、

「ぁあああ……あああああ、気持ちいい……胸もあそこも両方いいの」

両手を頭上にあげたまま、うっとりとして言う。

「あそこって？」

「いや、いじめないで」

「あそこって、どこのことだ。はっきり言いなさい」

「……オ、オマ×コよ」

紗季が恥ずかしそうに言う。

「誰の？」

「……さ、紗季よ。今野紗季のオマ×コよ」

そう言って、紗季は顔をそむける。

「紗季は乳首とオマ×コと両方攻められると、感じるんだな？」

「はい……感じるわ」

「貪欲だな。紗季はスケベだからな。あんないいダンナがいながら、留守中に男を引っ張り込んで、オマ×コしている。どうしようもない女だ。みんなにはしっかり者の厳格なリーダーだと思われている。だけど、実態は違う。夫の留守中に夫婦の寝室に男を引きずり込んで、オマ×コしている。とんでもない、インラン女だ。そうら」

真行寺は乳房が変形するほどに荒々しく揉みしだき、腰を強く叩きつける。

「あんっ、あんっ、あんっ……ぁああ、ダメっ……声が出ちゃう。出ちゃうの……ぁあああ、許して、もう許して……ぁあああ、イッちゃう。わたし、もうイッちゃう！」

紗季がひとつにくくられた両手を頭上にあげたまま、のけぞり返った。

「いいんだぞ。イケよ。このインラン女が。このマゾが！」

真行寺が強く腰を叩きつけて、

「あんっ、あん、あんっ……ぁああ、来るわ……来る……ぁあああ、今よ、そこそこ……ぁあああ、来る……イキます……いやぁあああぁぁ、はうっ！」

紗季がこれ以上は無理というところまでのけぞった。それから、がくん、がくんと痙攣をはじめた。

絶頂がおさまるのを待って、真行寺が怒張を引き抜いた。

それから、手の拘束具とアイマスクを外す。そして、

「しゃぶってくれないか？」

ごろんと寝ころぶと、視覚と手の自由を取り戻した紗季が嬉々として、真行寺の片足をまたぐようにして、いきりたちに顔を寄せた。

野太い怒張がすごい角度でいきりたっていた。色がどす黒い。

エラが張っているし、ぐんと左側に反っている。太い血管が至るところに浮き

出ていて、これが数多の女性を泣かせてきたおチンチンなのだと思った。

紗季は垂れかかるウエーブヘアを邪魔そうにかきあげると、禍々《まがまが》しい亀頭冠にキスをし、頬張った。

そうしながら、真行寺の右足をまたいで、濡れ溝を足に擦りつけている。

肉棹に唇をかぶせてストロークしながら、繊毛の奥の濡れ地を足に擦りつけるのだ。

(ああ、すごい……あの今野紗季がこんな大胆なことを……！)

紗季はジュブ、ジュブと唾音をさせて、肉柱に唇をかぶせて、往復させる。

自分の淫蜜が付着していることを厭《いと》うことなく、一途に肉茎にしゃぶりついている。

それを見ているうちに、翔太の分身はギンギンになり、ついついそれを握っていた。紗季の情熱的なおしゃぶりを上から覗き見しながら、カチカチをしごくと、ものすごい快感がうねりあがってきた。

(ダメだ。出てしまう……！)

ぎりぎりで動きを止めた。

脈打つ分身を感じている間にも、紗季が肉棹を吐き出して、真行寺の下半身にまたがった。

3

紗季は勃起を導き、濡れ溝を擦りつける。

翔太はその姿をほぼ正面から見おろしているので、紗季の様子が手に取るようにわかる。

しゃがんだまま、いきりたちをぼうぼうの繊毛の下に押し当てて、ゆっくりと腰を落とす。野太いものが翳りの底に吸い込まれていき、

「ぁあああ、くうぅぅ……！」

紗季が顔を撥ねあげた。

ウエーブヘアが後ろに枝垂れ落ちて、のけぞったまま、がくん、がくんと震えている。それから、上体を垂直に立てて、腰をつかいはじめた。

両膝をベッドについたまま、腰から下をぐいん、ぐいんと前後に打ち振って、

「ぁああ、あああ、気持ちいい……」

紗季は大きく顔をのけぞらせる。

正面の上方にいる翔太は、紗季の美貌がゆがむさまをはっきりと見ることができる。

紗季も目を凝らせば、欄間から覗いている男の目を発見できるだろう。しかし、こちらの部屋のほうが暗いから、動かなければわからないはずだ。

「あんっ、あんっ、あんっ……」

隣室から、紗季の喘ぎ声が聞こえた。

見ると、紗季が真行寺の上で撥ねていた。

両膝をM字に立てて開き、激しく腰を上げ下げしては、

「あんっ、あんっ、あんっ……」

甲高い声で喘ぐ。

そこで、真行寺が小声で何か言って、紗季がまわりはじめた。

真行寺の肉棹を軸に、ゆっくりと時計回りにまわって、位置をずらしていく。いったん真横を向く形になって、さらにもう半回転して、真後ろを向いた。

背中とヒップを見せて、ぐいっ、ぐいっと腰を後ろに突き出し、前に引く。それを繰り返して、

「ぁああ、あああ、気持ちいい……」

紗季がうっとりとして言う。

「足を舐めなさい」

真行寺が命令した。すると、紗季がぐっと上体を折り曲げる。

そして、真行寺の足に乳房を擦りつけながら、向こう脛《ずね》を舐めはじめたではないか。

(すごい……こんなの初めてだ！)

翔太が唖然《あぜん》としていると、真行寺が枕許に置いてあったグッズをつかんだ。

コンドームを右手の人差し指に嵌めて、ローションを紗季の尻の狭間に垂らした。たらっと落ちたローションを真行寺はコンドームをつけた指で、アヌスに塗り伸ばしていく。

セピア色の小菊のようなアヌスにローションを塗られて、

「ぁあああ……いや、いや……そこは許して」

紗季が居たたまれない様子で尻を揺すった。

「今更、遅いんだよ。もう何度もしてるじゃないか。そうら、力を抜いて……」

真行寺が尻に向かって、人差し指を突き出した。

コンドームで包まれた指でアヌスを押すと、指が意外と簡単にアヌスに入り込

んでいって、

「ぁあああぅぅぅ……！」

紗季が大きく顔を撥ねあげる。

「そうら、入ったぞ。すごいな。なかがぬるぬるだ。これは直腸か？　粘膜がとろとろじゃないか」

真行寺が人差し指の抜き差しをはじめた。手でピストルを作るときの形で伸ばした人差し指を、アヌスに出し入れしている。

（こ、こんなことができるのか！）

翔太はショックに打ちのめされた。

それはそうだろう。

今野紗季の膣には、真行寺のデカチンがずぶりと嵌まり込んでいる。そして、すぐ上にあるアヌスにも、真行寺の人差し指がほぼ埋まっているのだ。

「こうすると、自分のチンポが入り込んでいるのがはっきりとわかるよ」

真行寺が言いながら、人差し指をアヌスのなかで動かしている。

「アヌスと膣の間の壁は薄いらしいんだ。触ってみると、自分のペニスの形までわかるよ。丸いんだよ」

真行寺が自嘲して、指をピストンさせた。

「ぁあああ、もう、もうダメです。許して。許してください……」

紗季がぎりぎりの状態で訴える。

「本当は気持ちいいくせに。膣とアヌスを両方攻められて、紗季はすごく感じている。そうだな？　正直に言わないと、抜くからな」

「……はい、本当は気持ちいいです。前と後ろを両方犯されて、わたしは幸せです。いいんです。両方、いいんです……ぁあああ、あああぅぅ」

紗季が喘ぎながら、腰を前後に揺すりはじめた。

明らかに、自分から腰をぶつけにいっている。

それだけ気持ちいいのだ。もっと深いところに、ペニスも指も欲しいのだ。

（ああ、すごい……女性ってこんなになるんだ）

翔太はテニススクールでのきりっとした紗季を知っているだけに、この腰振りは衝撃だった。

（それに、お尻の穴なんて、そんなに気持ちいいのか？）

自分のことを想像したら、指を突っ込むなんて絶対に無理だと思う。

しかし、今、紗季は心から感じている様子だから、アヌスも性感帯のひとつなのだろう。

「ぁあああ、ぁあああ、気持ちいい……お尻が気持ちいいの」

紗季は激しく腰を振っている。

こんな破廉恥《はれんち》な紗季を目の当たりにしたら、周囲の人妻たちはどう思うだろう？

しかし、山口里美も丸山貴代も翔太とセックスしたときは、すごかった。

みんな、豹変する。女性はいざとなると、変わってしまうのが普通なのかもしれない。

真行寺は指を抜いて、コンドームを外し、紗季を這わせた。

四《よ》つん這《ば》いにさせておいて、いきりたつものを膣に押し込んだ。野太いイチモツを送り込まれて、

「ぁああ……！」

紗季が甲高い声で喘いだ。

そして、真行寺は後ろからすごい勢いで打ち込む。音が出るほど強く叩きつけてから、

「そうら、イケよ。イッていいんだぞ」

真行寺は尻たぶを手のひらで叩いた。鈍い音がして、

「ぁあああ……！」

紗季がのけぞる。

真行寺はさらに二度、三度と尻ビンタをする。それから、腰をつかみ寄せて、激しく突く。

「ぁあああ、イク、イク、イッちゃう……コーチ、わたし、イキます」

紗季が切羽詰まった様子で言って、

「いいんだよ。イキなさい……俺も出すぞ。中出しするぞ」

「はい……ちょうだい。コーチのザーメンをちょうだい。あなたの優秀な精子をください……ぁあああ、あああああ、イキます……あんっ、あんっ、あんっ……ぁあああ、イクぅ……！」

紗季がシーツをつかみながら反り返り、やがて、がくん、がくんと躍りあがり、どっと前に突っ伏していった。

4

翔太は音を立てないように隣室を出た。

階段を降りて、客間の布団でごろんと横になる。今見たばかりのシーンが脳裏によみがえってきて、まったく眠れない。

二人の肉体関係を予想はしていた。しかし、あのセックスには度肝を抜かれた。

紗季がMで、真行寺がSだなんて……。

しかも、紗季はアヌスに指を突っ込まれて、悦んでいた。

(紗季さんがアヌスでも感じるなんて、誰が想像できるだろうか?)

目を閉じていろいろと考えていると、家の前にタクシーが停まる気配がした。すぐに、真行寺がタクシーに乗り込んだようだ。

やはり、若い妻がいるのだから、一晩泊まることはできないのだろう。

それに、もう夜中だが、後輩の臨時コーチと一緒だったと言えば、奥さんも安心するというわけだ。

(俺は体よく使われたというわけか)

翔太が寝つけないでいると、廊下を足音が近づいてきた。

ドキッとして身構える。

来るとしたら、紗季しかいない。

（なぜ……？）

淡い期待を抱きながらも、ここは寝た振りをする。

すぐにドア開いて、人の気配が近づいてきた。布団で狸寝入りをしている翔太の隣に腰をおろして、

「起きているんでしょ？」

いきなり股間をぐいとつかまれた。

「あ、くっ……は、はい、起きています。痛いです……」

翔太は必死に言う。

目を開けると、白いシースルーの素材のネグリジェを身につけた紗季が布団の脇に座っていた。

目のやり場がなかった。

なぜなら、そのメッシュのような素材から、乳房のふくらみと色づく乳首、下腹部の黒々とした翳りが透け出てしまっていたからだ。

「コーチはさっき帰ったわ」

「そう、みたいですね」

「起きていたの？」

「いや……」

「覗き見していたよね？」

いきなり指摘されて、心臓が裏返ったかと思った。頭から血の気が引いていく。

「二人でしているところを、隣の部屋から覗いていたわね……欄間からきみの瞳がきらきらと光っているのが見えたわ」

薄く微笑んで、紗季はかけ布団を剝《は》いだ。仰臥している翔太に寄り添うように横臥《おうが》して、下着の半袖シャツをめくりあげ、胸板を撫でてくる。

それだけで、ぞわぞわとした快感が走る。

「知られちゃったんだから、事実を話すわね。コーチとはもう随分と前からできているのよ。彼が今の若い奥様と結婚する前から。わたしのほうがつきあいが古いのよ」

紗季は自分の優位をさりげなく告げると、胸板に顔を寄せて、乳首にちゅっ、ちゅっとキスをした。

「あっ、くっ……」

「ふふっ、じつはきみ、ついこの前まで童貞だったんでしょ？　里美から聞いたわ。里美に筆おろしをしてもらったそうね。でも、里美は初めてのわりには、すごく良かったって言っていたわよ」

「……話したんですか？」

「そうよ。里美はわたしには何でも話してくれるから。大丈夫よ。怒ってないから……これでおあいこよね。わたしはきみと里美のことは黙っているから、きみもわたしとコーチのことはこれね」

里美は口の前に人差し指を立てた。

それから、その手をおろしていき、ブリーフの股間に触れ、

「あらあら、もうこんなにして……里美が感心していたわよ。三度射精したって……こうしていても、すごく元気。ギンギンだもの。さっき覗き見しながら、出さなかったの？」

「はい……我慢しました」

「そうよね。あんなところで出しちゃったら、後始末に困るものね……でも、恥ずかしいわ。いつから覗いていたの？」

アーモンド型で目尻の切れあがった艶めかしい目を向けながら、ブリーフ越しに勃起をさすってくる。

「あの……紗季さんが目隠しされて、手首もくくられて、それで正面から……」

「あんなところから？　いやだわ。アイマスクも手枷《てかせ》も見られてしまったのね……じゃあ、お尻も……」

「はい……コーチが指で……」

「ぁあああ、恥ずかしくて死んじゃいたい。このこと、絶対に秘密よ。誰にも言ってはいやよ」

「わかっています。言いません」

「その代償になるものをあげなくちゃ、いけないわね……大丈夫よ。シャワーを浴びて、きれいに洗ってあるから」

紗季は顔を寄せて、唇を重ねてきた。

唇を合わせ、舌を押し込みながら、右手で下腹部の勃起を握り、しごいてくれる。

（ぁあああ、すごい……色っぽすぎる！）

キスも手コキも、すべてが熟達していて、これが熟れたセレブ妻のポテンシャルの高さだと感じた。

紗季はいったんキスをやめて、

「四十路《よそじ》が近づいてきて、どんどん身体が貪欲になってきているのよ。胸も膣もアヌスもすべて感じるの。それに一回だけじゃ満足できないのよ。何度もしたくなってしまう。わたし、へんなのかしら？」

そう言い、じっと翔太を見た。

「いえ、へんじゃないと思います。俺は見てて、すごく昂奮しました」

「ありがとう。いい子ね……ご褒美あげなくちゃ」

紗季はキスをおろしていって、乳首をとらえた。

ねろねろと舌を這わせてから、かるく吸う。吸っては吐き出して、また舐めてくる。その間も、ブリーフの下に手を入れて、いきりたちをしごいてくれる。

「ぁああ、たまらない……ぁあああ、あそこを、おチンチンをおしゃぶりしてください」

翔太はこらえきれずに、頼んでいた。

「ふふっ、素直なのね。そういう子は好きよ」

紗季は顔をおろしていき、ブリーフを手で脱がせた。ぶるんっと頭を振って飛

び出してきた分身を見て、

「あらっ、すごい角度……全然、角度が違うのね。本当にお臍《へそ》に近づくのね。こんな角度、初めて見たわよ」

ちらりと翔太を見あげて言い、紗季は裏筋を舐めあげてきた。

ツーッ、ツーッと裏側に舌が這うと、イチモツが反応して、くいっと頭を持ちあげる。

「すごいわね。もっと、お臍に近くなった。こうしたら、どうかしら？」

紗季はいきりたつ肉棹をつかんで、太腿のほうへとおろした。そこで指を離すと、すごい勢いで硬直が戻り、戻りすぎて、パチンと腹部を打った。

「ふふっ、遊びたくなっちゃう」

紗季は何度か勃起をメトロノームのように振らせ、翔太の膝をつかんでぐいっと持ちあげる。

赤ちゃんがオシメを替えられる体勢を取らされ、翔太は羞恥《しゅうち》に呻く。睾丸どころか、アヌスまで丸見えに違いない。

「かわいいお尻の穴ね。本当は舐めてあげたいけど、シャワーを浴びてないからダメね。アヌスを舐めて、おチンチンをおしゃぶりしたら、汚染されてしまうものね。残念だわ……」

紗季はアヌスの上の会陰を舐めた。

縫い目にちろちろと舌を走らせ、そのまま睾丸へと這いあがらせた。

睾丸の皺袋を下からぬるっ、ぬるっと何度も舐めあげ、丹念に睾丸をしゃぶってくる。

ついには、片方の玉を頬張った。

なかでねろねろと睾丸に舌をからませて、キューッと吸いながら、引っ張った。

片方の睾丸が伸びて、翔太は「うっ」と呻く。

紗季は微笑みながら吐き出して、もう片方の睾丸も口に含む。同じように口のなかで舌をからませ、引っ張って吐き出す。

翔太を見あげて、

「見ていてよ」

そう言って、左右の睾丸を自分の口のなかに押し込もうとする。

（いくらなんでも、両玉は無理だろう）

しかし、皺袋の特徴は自在に変形できることだ。左右の玉を口に押し込んで、
紗季は見あげて、

（どう、できたでしょ？）

と、自慢げに微笑んでいる。

左右の睾丸が見事に口のなかに姿を消している。

「す、すごいです！」

思わず言うと、紗季はそこでようやく二玉を吐き出して、そのまま、裏の縫い目を舐めあげてきた。

ツーッ、ツーッと何度も舌を走らせ、次はジグザグに舌をからませる。

「ぁああ、それ、気持ちいいです！」

思わず言うと、紗季は枝垂《しだ》れ落ちた髪を艶っぽくかきあげて、ふふっと目で微笑んだ。それから、

「シックナインできる？」

翔太を見あげて訊く。

「ああ、はい……経験はないですけど、だいたいできると思います」

「そう……じゃあ、またがらせてもらうわ」

紗季が翔太の顔に尻を向ける形で、上にまたがってきた。

白いネグリジェの裾がふわっとかかっていて、その裾をまくりあげる。

（ああ、これは……！）

絶句してしまう光景だった。

発達した双臀の谷間には、小さな茶褐色のアヌスがひくひくして、その底のほうには、女の花園が咲き誇っていた。

ぷっくりとした厚い肉びらが褶曲《しゅうきょく》してひろがっており、その底部には複雑に入り組んだピンクの肉庭が息づき、その上のほうに小さな膣口がわずかに口をのぞかせている。

しかも、肉庭も膣の内側も、とろとろした蜜をまとって、いやらしくぬめ光っている。

見とれていると、

「ああ、ちょうだい。舐めて……」

紗季が腰をくなっとよじって、せがんできた。

翔太は魅入られるように顔を寄せていた。頭の下に枕を入れて、ぐいと持ちあげる。

目の前で展開する淫らな肉の花をぬるるっと舐めていた。

「ぁあああああ……いいの……」

紗季が心から感じているという声をあげて、翔太の勃起をぎゅっと握り込んできた。

翔太はつづけざまに粘膜に舌を走らせる。

「ぁああ、あああ……いい……いいのよぉ」

紗季が腰をくねらせる。

そのとき、アヌスがひくひくっと物欲しそうにうごめいていることに気づいた。

「あの……アヌスを少しだけ、いいですか？」

「しっかりと見られちゃっているのね。でも、ローションがないと入らないと思うから、舐めてマッサージする程度にしてね」

「わかりました」

翔太は尻たぶをひろげてみる。

すると、窄まりも開いた。そこは菊のように幾重もの皺が集まっていて、きれいな形をしていた。

幾重もの皺の刻まれているその中心で、アヌスがわずかに口を覗かせて、見られることを恥ずかしがっているように、収縮する。

「きれいだ」

まったく不潔には感じなかった。

顔を寄せて、アヌスに舌を届かせた。ぬるっと窄まりを舐めると、

「はぁあああ……！」

紗季が気持ち良さそうな声をあげて、びくん、びくんと震える。アヌスも収縮して、うごめいている。

（そうか……これなら、真行寺コーチが執着するのもわかるな）

翔太はアヌスを舐めた。周囲を舌でなぞり、中心部を舌先でうがち、全体にちろちろと舌を這わせる。

「ぁああ、あああいいのよ……」

紗季が喘ぎながら、肉棹を握りしごく。

（もっと、気持ち良くなってほしい。膣にも……！　ここなら、ローションは必要ない）

翔太はアヌスを舐めながら、その下にある膣口に右手の中指を添えてみた。ちょっと力を込めると、ぬるぬるっと嵌まり込んでいって、

「はうぅぅ……！」

紗季が顔をのけぞらせて、勃起をぎゅっと握った。

翔太が中指を抜き差しすると、内部の蕩けた粘膜がからみついてきて、それを押し退けるように抽送《ちゅうそう》する。

そうしながら、すぐ上のアヌスをちろちろと舐める。

「ぁああ、あぁあ……気持ちいい……翔太くん、気持ちいいよ。おかしくなる……わたし、おかしくなる……ぁあうぅぅ」

紗季が勃起に貪りついてきた。

湧きあがる快感をそのままぶつけるように、激しく唇をすべらせて、

「んっ、んっ、んっ……」

くぐもった声を洩らす。

翔太が夢中でアヌスを舐め、膣に指を出し入れしていると、紗季が肉棹を吐き出して、

「ぁあああ、もう、ダメっ……これが欲しい。この硬くて大きいもので、わたしを貫いてください。ぁあああ、ねえ、ねえ……」

最後は甘えた声でせがんでくる。

5

その前に、これで手を縛ってほしいと、紗季は黒い手枷を出してきた。

さっき、紗季をくくっていたあの革の拘束具だ。

「こう、ですか？」

翔太は手枷をひとつずつ手首にかけて、ベルトで締める。左右の手枷はフックでつながれていた。

「ありがとうございます。どうか、わたしをいじめてください」

まさかのことを言って、紗季は布団に這う。

（すごいな。あの今野紗季が俺の奴隷と化している）

翔太は背徳的な昂揚《こうよう》を感じながら、後ろにまわる。

シースルーの白いネグリジェをまくりあげると、ハート形に張りつめた立派なヒップがこぼれでた。

ウエストがくびれているから、大きく張り出した尻がとてもセクシーに見える。

翔太は後ろに張りついて、アヌスと膣口を舐める。

するると、紗季は気持ち良さそうに背中を弓なりに反らせて、

「ぁああうぅぅ……気持ちいい。あなたに舐められると、すごく気持ちいいの……ぁああ、あうぅぅ」

紗季はもどかしそうにヒップを揺する。

茶褐色のアヌスがひくひくとうごめき、その下の花園はひろがって、淫らな粘膜をのぞかせている。

「ぁああ、ちょうだい。紗季を懲《こ》らしめて。ちゃんとした夫がいるのに、その留守に二人の男に抱かれているのよ。あり得ないでしょ？　こんなに不貞な女は折《せっ》檻《かん》しなきゃダメなの。そうでしょ？」

紗季が尻をくねらせる。

「そうですね。懲らしめる必要がある。待ってくださいよ」

翔太は部屋に置いてあるラケットを持ってくると、ケースを外した。

ガットの張られた表面で、自分の膝を叩いていると、

「どうするの？　どうするの？」

紗季が興味津々で訊いてきた。

「ラケットであなたのお尻をぶつんです。お仕置きするんです。されたことはな

いですか？」

「初めてよ。経験はないわ。ぁああ、愉《たの》しみだわ。ぶって。どうしようもない淫らな女を懲らしめてください……ぁああ、ぶって」

そう言って、紗季は尻をくねらせる。

（これじゃあ、お仕置きにはならないんじゃないか？）

そう思いながらも、翔太は右手でグリップを握って、向かって右側の尻たぶに向けて、振りおろした。

すると、ナイロン製で弾力のあるガットが尻に弾かれて、パーンと撥ねて、

「ぁああ……いい。もっとよ、もっと強く叩いて……お願い」

紗季がせがんでくる。

翔太が同じようにラケットを振りおろすと、またパーンと尻たぶで跳ね返されて、

「ぁあああっ！」

紗季が悲痛な声をあげる。

翔太はつづけざまに、右側と左側の尻たぶを打った。たちまち赤く染まってきた尻たぶにラケットの面を擦りつけてやると、尻の肉が四角い枠からはみ出して、

エロチックだ。

それから、翔太はラケットを紗季の開いた足の間の布団に突いて、斜めにした状態で股間を擦りつけるように言う。

紗季は言いつけどおりに、腰を後ろに突き出して、尻たぶの割れ目をラケットに擦りつけては、

「ぁああ、恥ずかしい……これ、恥ずかしい……」

そう言いながらも、濡れ溝をラケットの柄の部分に押しつける。

そこがたちまち濡れて、妖しく光り、

「ぁああ、いやいや……こんなこと、恥ずかしすぎる」

そう言いながらも、紗季はなおも恥肉を擦りつけてくる。

自分のラケットが、女の愛蜜でぬるぬるになっている。何だか、大切なものを汚されたような気がして、紗季へのサディズムがうねりあがってきた。

「俺の大切なラケットをマン汁でこんなに汚して……いけない女だ。テニスプレーヤーとして最低の女だ」

「ああ、ゴメンなさい。わたしがいけないんです」

「そうだ。今野紗季がいけない」

翔太はラケットを置き、いきりたっているものを這っている紗季の恥肉に押し当てた。

じっくりと進めていくと、切っ先がとても窮屈な肉路をこじ開けていって、

「はうぅぅぅ……！」

紗季が背中を反らせて、頭を撥ねあげる。

「くうぅぅ……！」

と、翔太も奥歯を食いしばっていた。そうしないと、暴発してしまいそうだったからだ。

「ぁああ、すごい……紗季さんのオマ×コ、ぐいぐい締まってくる。すごい！」

思わず言うと、

「わたしのここ、体験した男の人はみんなそう言うわ。すごく締まりがいいそうね。それに、温かくて、襞がうごめくらしいわよ」

「ぁああ、わかります。確かに、なかが動いてる。くうぅぅ、吸い込まれそうだ。ぁあああ、すごい」

翔太はしばらく静止状態でやり過ごし、ゆっくりと腰を動かす。

あまり奥まで突っ込んだのでは、持たない。すぐに放ってしまいそうで、浅瀬

をすこすこと往復させる。

それでも、すごく気持ちがいい。そして、紗季はかえってそれがいいのか、

「ぁああ、あああ……気持ちいい。ぁああ、オシッコがしたくなる。カリがGスポットに当たっているの。ぁああ、いやいや……洩《も》れちゃう。オシッコが洩れちゃう」

「いいんですよ。オシッコをちびってください。そうら、洩らしていいんですよ」

オシッコをしたくなるのは、イクときの前兆だと聞いたことがある。つづけざまに途中までのストロークを繰り返すと、紗季が震えはじめた。

ひとつにくくられた両手を前に置いて支え、両膝を大きく開いて、

「ぁああ、ああ、ああああ……出る。出る。出ちゃう!」

さしせまった様子で訴えてくる。

翔太が連続して、浅瀬を擦ると、何かがなかから噴き出してきて、とっさに結合を外した。

先をつまんだホースから飛び出した水のように、透明な液体がよじれながら、すごい勢いであふれでる。

「ぁあああ、見ないでぇ」

紗季は悲痛な声をあげながら、びっ、びくっと痙攣する。そして、翳りの底から潮吹きらしい液体が間欠泉《かんけつせん》のように、吹き出しては止まりを繰り返して、ついにやんだ。

潮吹きを見るのはもちろん初めてで、翔太は仰天しつつも、感激していた。

「わたし、よく潮吹きするのよ。でも、布団やベッドの上だと濡らしてしまうから、吹かないようにしてきたの」

紗季が言うように、確かに布団の上に敷かれたシーツに大きなシミが浮かびあがっていた。

「すみません」

「いいのよ。どうせ、この布団、古くなったから替えるつもりだったの。かまわないわ。でも、きみは濡れるのはいやよね？」

「いえ、全然。むしろ、この濡れた上でやってみたいです」

「ぁあ、きみ、意外とタイプかもしれない。もっとして……」

紗季が布団に仰向けに寝て、ひとつにくくられた両手を頭上にあげた。

「ちょうだい。紗季をメチャクチャにして……」

紗季はとろんとした目で見あげてくる。

翔太は両膝をすくいあげて、いきりたつものを押しつけた。

野性的な陰毛の下に華やかな女の花が開いて、赤い内部をのぞかせている。

腰を進めると、ぬるぬるっとすべり込んでいって、

「はうぅぅ……！」

紗季が顎をせりあげた。

眉根を寄せて、今にも泣きだしそうな顔をしている。そのマゾ的な顔が、翔太にはたまらなかった。

膝の裏をつかんで、押し広げながら押しつけ、上体を立てたまま、今度は奥のほうに打ち込んでいく。

この体位を取ると、自然に挿入が深くなってしまう。

洩らしそうになるのを懸命にこらえて、ずりゅっ、ずりゅっと打ち込んでいく。

もう経験人数が三人目のせいか、翔太にも少し余裕が出てきた。

上からズンっと打ち込んで、途中からしゃくりあげるようにすると、自分も気持ちいい。

勃起が膣のGスポットから奥へとすべりながら、擦りあげていき、それがいい

のか、

「ぁあああ……すごいわ。きみのおチンチン、硬くて長くて、気持ちいい……ぁあああ、すごく奥に届くのね。奥に当たってる。子宮に当たってる。この前まで童貞だったなんて、信じられないわ。ああ、押してくるのよ。子宮を押してくる……ぁああ、たまらない」

紗季が顔をのけぞらせる。

白いスケスケのネグリジェから、乳房のふくらみと色づいた乳首がせりだしている。ノースリーブで、腕を頭上にあげているので、腋の下は完全にさらされてしまっている。

その姿をとてもセクシーに感じた。

翔太は膝を放して、覆いかぶさっていく。

レースの上から乳房をつかみ、揉みしだいた。

明らかに尖っている乳首を布越しにつまんで、転がす。

そうしながら、片方の乳房を荒々しく揉みしだき、腰もつかう。

乳房をかわいがりながら、ズンッ、ズンッと膣奥を突くと、

「ぁあん……あん、ぁあああん……すごいわ……突き刺さってくる。子宮に突き刺

さってくる……ぁあああ、もっと……もっといじめて」

紗季が喘ぎながら言う。

それならば、と翔太は腋の下を舐めてやる。あらわになった腋から二の腕にかけて舌を這わせる。

舐めあげる際に、自然に肉柱で膣を擦りあげる形になって、

「はうぅぅ……！」

紗季が悩ましい声をあげた。

腋の下は汗ばんでいて、少しだけしょっぱい。それに、仄かな芳香があって、翔太をかきたてる。

つづけざまに舐めあげながら、奥をズンッと突いた。

それを繰り返していると、紗季の様子がさしせまってきた。

「ぁああ、あああ……イキそう。ちょうだい。いいのよ。中出しして……ピルを飲んでいるから、大丈夫。中出ししたいよね？」

「はい、それは……」

「だったら、いいのよ。ちょうだい。いっぱい出して……なかを精液でどろどろにして……お願い！」

「はい……」

翔太は最後の力を振り絞った。つづけざまに打ち込むと、翔太も射精前に感じるあの陶酔感に呑み込まれていく。

「あんっ、あんっ、あんっ……ぁあああ、いい……イク、イク、イッちゃう！」

紗季が逼迫した声をあげて、顎をせりあげた。

「おおぅ、イッてください。出しますよ。そうら」

翔太がスパートしたとき、

「あんっ、あんっ、あんっ……ぁあああ、ダメっ……オシッコがしたくなった。吹くよ、吹いちゃう！」

「いいんですよ。吹いてください。吹きながら、イッてください」

翔太ももう一度、紗季に潮を吹かせたかった。

「そうら、おおおぅ……！」

カリでつづけざまにGスポットを擦りあげたとき、

「イク、イク、イクぅ……出るぅ！」

紗季が嬌声を張りあげて、のけぞった。

止めとばかりに押し込んだとき、翔太も男液を放っていた。

どびゅっ、とびゅっと白濁液をしぶかせたとき、ほぼ同時になかで温かいものがあふれるのを感じた。

射精を終えた肉棹を抜いた途端に、透明な液体が放物線を描き、ベッドのシーツをベトベトになるまで濡らした。

第四章　人妻は清楚派ビッチ

1

（本当にこの人が、欲求不満でやりたくてしょうがない女なのか？）

コートで試合をしている萩原葉子を審判台から見て、翔太は頭をひねった。

先日、肉体関係を持って、親しくなった今野紗季がこう訊いてきたのだ。

『きみは萩原葉子さんのこと、どう思う？』

『どうって……すごく真面目で。気をつかってくれますし、清純派ですし……』

『そうよね、いい女よね。男が放っておけなくなる女よね……その彼女がじつは今ピンチなのよ』

『……ピンチ、ですか？』

『ええ……じつはね……』

紗季によると、萩原葉子の夫が少し前に会社のＯＬと不倫をしていて、それを知った葉子が怒りをぶつけたところ、夫はその女と別れた。

だが、その喧嘩で夫婦の間に深い亀裂が入ってしまい、それ以来、夫は葉子を抱こうとしないらしい。二人はもう半年余りセックスレスで、葉子が心身とも限界を迎えつつあるのだと言う。

『葉子さん、二十八歳でしょ？　セックスの良さがわかってきたところで、いきなりセックスレスだから、つらいと思うのよね。欲求不満が嵩《こう》じて、心身ともにすぐれないようよ。で……きみを見込んで、お願いがあるんだけど……葉子さんを抱いてあげてほしいの。何度か抱かれたら、彼女も寂しさがおさまって、元気になれると思うのよね』

『無理ですよ。だいたい、葉子さんが俺なんかに抱かれるわけがないです』

『それが、そうでもないのよね……彼女、きみのこと、けっこう気に入っているみたいよ。こっちのほうでも、それとなく話しておくから、来週のスクールのあとにでも誘ってみて。そういう段取りを組んでおくから。お願いね』

そう紗季に押し切られた。紗季には逆らえるわけがなく、また、翔太自身も前から葉子はタイプだったから、ノーと言う気はない。

そして、今日、紗季にこう言われた。

『決行するわよ。葉子さんには話はつけておいたから。いいわね』

もちろん、翔太に異存があるわけがなく、こっくりとうなずいたのだった。

コートでは、紗季のファーストサーブがコーナーぎりぎりに入り、それを葉子がレシーブし損ねて、ネットに引っかけた。

「ゲーム。ゲームウォンバイ今野、山口。ゲームカウント3—2。コートチェンジ」

翔太が審判台からコールして、二つのペアがコートを変える。

ネット付近に転がっている黄色いボールを拾おうとして、葉子がいきなりしゃがみ込んだ。

お腹のあたりをかばうようにして、「ううっ」と歯を食いしばっている。

「大丈夫ですか？」

翔太は急いで審判台を降りて、駆け寄った。

「どうしました？　腹痛ですか？」

正面にしゃがんで、問診する。

「すみません、お腹が……」

苦しげに言って、ちらりと翔太を見る目が、いつもとは違って、潤みきっている。それに、さっきから腰を微妙にくねらせているし、どこからか「ビーン」と、虫の羽音のような振動音が聞こえる。

「コーチ、ここはもういいから、葉子さんの面倒を見てあげて。ああ、それから、腹痛の原因はこれだから」

紗季がスコートのポケットから、紫色の平たいものを翔太に手渡した。

「これは？」

「こうすると……」

紗季がスイッチを押すと、

「あっ……！」

葉子が露骨にスコートの上から、下腹部を押さえる。

「ふふっ、こうすると、振動のリズムが変わるのよ。今、葉子さんのあそこにはローターが入っていて、これはそのリモコン。長押しすれば、振動は止まるし、そこで長押ししたらまたはじまる。さっき休憩時におトイレに行ったでしょ。そのときに、装着してもらったの。それを、わたしがこのリモコンで操っていたわけ。葉子さん、おかしかったでしょ？　気づかなかった？」

確かに、そう言われると、休憩後に葉子は精彩を欠いていた。

（そうか、これのせいだったか……しかし、すごいことをするんだな）

翔太は驚きとともに、昂奮もしていた。

（まさか、この清楚系人妻がプレーしながら、あそこにローターを入れられていたとは……しゃがみ込んでしまったのは、たぶん、感じすぎて、立っていられなくなったのだろう）

葉子はいまだにコートに座り込んでいる。

「これを渡しておくから、自由に使って。周りには、葉子さんが体調を崩して、コーチが付き添うくらいにしか見えないわ。コーチはもう戻ってこなくていいから。葉子さんの看病をしてくれればいいわ。お任せするわ。葉子さん、立てる？」

紗季が肩を貸して、葉子を立たせる。ここはもう行くしかない。

「わかりました。では、あとはお任せします。葉子さん、行きましょう」

翔太はふらつく葉子のバッグやラケットを持ってやり、クラブハウスに向かった。葉子はへっぴり腰でかろうじて歩いている感じだ。

クラブハウスに到着して、翔太は訊いてみた。

「どうしましょうか？」

「早く二人になりたいです。このまま、着替えなくていいので、わたしの車でどこか……」

葉子が潤んだ瞳を向けて、翔太の腕をぎゅっと握ってくる。

「わかりました」

二人はシャワーも浴びずに、駐車場に向かった。葉子が愛車の乗用車の前で、

「あの、コーチが運転してください。わたし、運転できる状態じゃないから。ゴメンなさい」

そう言って、うつむいた。さっきから、腰のくねりは大きさを増している。

葉子はいつものように、純白のテニスウエアを着ていた。ワンピース型のノースリーブのウエアに、パーカーをはおっている。

長いストレートヘアは後ろで、ポニーテールに赤いリボンで結んでいる。

この清楚な人妻が、今、じつは膣にローターを埋め込まれて身悶えをしているなんて、誰も想像できないだろう。

翔太は運転席に乗り込み、葉子も助手席に座って、シートベルトを斜めにかけた。女性が扱いやすいコンパクトカーだ。

翔太は車をスタートさせる。目的地はラブホテルである。貴代に一度連れて

行ってもらったことがある。とても清潔なホテルだった。

幹線道路に出ると、葉子が訊いてきた。

「あの……どこへ行きますか？」

「少し走りますが、この道路沿いにラブホテルがあるので、そこでいいかなと……おいやなら、葉子さんの自宅でも」

「いいえ、自宅はいけません。お隣と親しいので、怪しまれます。ホテルのほうがいいです」

「じゃあ、そこにしましょう」

「……あの、時間はどのくらいかかるでしょうか？」

「ここは高級住宅街ですからね。十五分はかかります」

「そうですか……」

葉子の腰がふたたびくねりはじめた。

白いテニスウエアの短いスコートから突き出た太腿は、意外とむっちりしていて、葉子は左右の太腿をぴったりとよじり合わせて、時々、腰を後ろに引いたり、反対に前に突き出したりしていたが、やがて、

「ぁああ、ゴメンなさい。わたし、もう我慢できません。じ、自分でしていいで

すか?」

「……いいですけど。何なら、振動止めましょうか?」

「いえ……つづけてください。そのままで……シートを倒しますね」

葉子が座席の横についていたレバーを引っ張って、助手席を後ろに倒した。

リクライニングシートが百三十度くらいまで倒れて、運転席からは葉子が随分と下にいるように見える。

「ぁああ、見ないでくださいね。見てはいやよ……」

そう言って、葉子は左手で胸のふくらみを、右手で下腹部を触りはじめた。

パーカーの前を開いて、白いワンピースの上から乳房をぎゅっ、ぎゅっと揉み、右手でスコートをまくりあげるようにして、白いアンダースコートの基底部をなぞった。

その姿勢のせいか、ビーッ、ビーッ、ビーッというローターの振動音がよく聞こえる。

「わたし、見えていないですよね?」

「ええ、大丈夫です。停まったら、歩行者から見えるかもしれませんが、走っているうちは大丈夫です」

「ぁああ、我慢できない……」

葉子がガバッと膝を大きく開いて、下腹部を持ちあげた。

そのとき、翔太にははっきりと見えた。

白いアンダースコートの基底部が一面濡れて、シミができていた。

(ああ、こんなにオマ×コ、濡らして……そうだよな。膣のなかでローターがずっと震えていたんだからな)

葉子がアンスコの基底部をひょいと横にずらした。

そして、膣から出ている紫色の紐をつかんで、ぐっと引っ張る。

すると、膣から卵のような形をしたローターがわずかに顔をのぞかせて、

「ぁああ、あああ……恥ずかしいから見ないでください。ぁああ、あああぁ」

葉子は紐をツンツン引っ張って、ローターを出し入れさせながら、足を開閉させ、下腹部をせりあげる。

翔太は運転しながら、横目に助手席を見る。

葉子のような清楚な人妻が、車でオナニーするのは、途轍《とてつ》もなく淫らだった。

葉子は左手を襟元《えりもと》から差し込んで、ブラジャーの裏側をじかにまさぐっていた。

「ぁああ、我慢できない……」

そう言って、葉子は紐を強く引いた。

下腹部が持ちあがり、やがて、ちゅぽんとローターが抜けた。

長さ五センチほどの紫色の卵形をしたローターが、ビーン、ビーンと唸りながら、激しく振動している。

（こんな大きなものが、なかで振動していたのか……！）

葉子はたまらなかっただろうと思う。

そして、葉子は抜き取ったローターを翳りの底に押し当てた。クリトリスに擦りつけているのだろう。

オナニーするときは、こうやって昇りつめるのだろう。

翔太は前と横を交互に見た。

幸い、道は空いていて、信号にも引っかからない。

葉子は助手席の倒れたシートで、足をガバッとひろげて、自分でローターをクリトリスに押しつけ、左手で乳房を揉みしだき、

「ぁああ、ぁあああ……恥ずかしい。こんなところでイキそうなんです……ぁああ、あああああ、イッていいですか？」

下腹部をせりあげ、足を開閉して言う。

「いいですよ。イッていいですよ」

「はい、はい……ぁああ、ああうぅぅ……」

葉子はローターの位置を微妙に変えて、恥丘に押し当てる。

大きくひろがった美脚がぱかぱかと開閉している。

乳房を揉みしだく勢いが強くなっている。

その指が乳首らしいところをくいっとひねったとき、

「ぁあああぁ、イキます……うあぁぁぁぁぁ、くっ！」

葉子はリクライニング・シートで下腹部を撥ねあげ、ぐーんとのけぞった。その姿勢で、がくんがくんと躍りあがる。

しばらく、ぐったりしていた葉子がシートを元に戻した。

まだ振動しているローターを自分でふたたび膣口に押し込む。それから、手を運転席に伸ばして、翔太のハーフパンツの股間を撫ではじめた。

「いけません。事故ります」

翔太が思わず訴えると、

「危なくなったら、停めてください」

そう言って、葉子はハーツパンツを膝までおろした。途端に、いきりたちが頭を振る。

ギンとした肉柱を見て、葉子がハッと息を呑むのがわかった。それから、

「見つかりそうだったら、教えてくださいね」

ちらりと翔太を見て、ぐっと上体を寄せてきた。

腰から身体を折って、翔太のイチモツに一気に唇をかぶせてきた。

「うおお……！」

まさかのドライブフェラチオに仰天して、車がふらついた。

あわててハンドルをしっかりと握り、前を向く。

すぐ下で「ぐちゅ、ぐちゅ」と淫らな音がする。

信じられなかった。自分は今、憧れのプレーのひとつだったドラフェラをされているのだ。

柔らかな唇と粘りつく舌で屹立をしごかれると、ジーンとした熱い快感がうねりあがってきた。

目をつむりたいのをこらえていると、横断歩道の信号が赤になって、翔太はブレーキをかける。

車が停止線の少し前で止まり、何人かの歩行者が横断歩道を横切っていく。誰

も、葉子のフェラチオには気づかない。

「大丈夫ですよ。見つかっていません」

言うと、葉子はうなずいて、また顔を振りはじめる。

「んっ、んっ、んっ……」

くぐもった声とともに、激しく唇を勃起に往復させて擦りつける。

ローターのおさまっている膣から発せられる快感をぶつけている感じだ。

道路を走っている間に、これだけ激しく擦られたら、さすがに安全は保証できない。しかし、今なら、快感にひたることができる。

それを、葉子もわかるのだろう。

「んっ、んっ、んっ……」

つづけざまに唇を往復させ、肉柱の根元をしなやかな指で握りしごいてくる。

「おおぅ、ダメだ。出そうです」

思わず訴えると、

「出してください。呑みますから」

葉子がまさかのことを言う。

こんな清楚系人妻が自分の精液をごっくんしてくれるのだ。しかも、運転中の車のなかで。

「ああ、早くしないと。信号が青になっちゃいます」

言うと、葉子の動きに拍車がかかった。

「んっ、んっ、んっ……！」

敏感な亀頭冠を柔らかな唇と舌で細かく摩擦され、根元を力強くしごかれると、射精前に感じるあの逼迫感が押し寄せてきた。

「ぁああ、出る……出ます！」

ぎりぎりで訴えた。

「うん、うんっ、うんっ……！」

ストロークのピッチがあがったとき、翔太は熱い男液を放っていた。

射精しながらも、信号は見ている。

発射されたものを、葉子がこくっ、こくっと喉を鳴らして呑んでくれているのがわかる。

次の瞬間、信号が青に変わって、翔太はゆっくりとアクセルを踏み込んだ。

2

幹線道路沿いにあるラブホテルの３０５号室に、二人は入る。

ラブホテルにしては明るい雰囲気の部屋だが、大きなベッドの周囲や天井には、鏡が張られていた。

部屋に入るなり、葉子はうがいをし、ハミガキをして、さっき呑んだ白濁液を清めた。それから、翔太に抱きついてきた。

二人はもつれるようにベッドに倒れ込む。

葉子はもうこらえきれないとでも言うように、唇を合わせ、ぎゅっとしがみついてきた。

艶やかな息づかいと、まったりとからみついてくる舌に触発されて、翔太のイチモツはふたたび頭を擡げてくる。

横臥してキスをしながら、葉子はもう一刻も待てないという様子で、ローターの埋まった下腹部をぐいぐい擦りつけてくる。

そして、翔太のイチモツがまた力を漲らせたのがわかったのか、葉子は手をおろしていき、ハーフパンツの股間を情熱的にさすってくる。

すると、分身がますます硬くなって、翔太はまたフェラチオしてほしくなる。

それをこらえて、葉子を下にし、自分は上になる。

ノースリーブの白いワンピース型テニスウエアが、清廉《せいれん》な葉子にはよく似合う。

下から見あげる葉子の憂《うれ》いをたたえたととのった顔が、仄かに上気して、ポニーテールに赤いリボンで結んだ黒髪が可憐《かれん》さを加えていた。

その、いかにも男を頼りにしているという雰囲気が、翔太のオスの本能を駆りたてる。

ウエアの上から胸のふくらみを揉むと、それだけで、葉子は「ぁあああ」と顔をのけぞらせた。

翔太はノースリーブに手をかけて、引きおろす。純白のウエアが腰までさがっていき、オフホワイトの刺しゅう付きブラジャーがこぼれでた。

葉子がふくらみを手で隠す。

ブラジャーを外してくれるように頼むと、葉子は背中に手をまわして、ホックを外し、ブラジャーを抜き取っていく。

まろびでてきた乳房を見て、息を呑んだ。

それほどの美乳だった。

大きさはDカップくらいだろうか、直線的な上の斜面を下側の充実したふくらみが持ちあげていて、乳首は淡いピンクで乳輪が粒立っている。

たまらなくなって、しゃぶりついた。乳首に吸いつくと、

「はぁあああ……！」

葉子は気持ち良さそうな声をあげて、顎をせりあげた。

やはり、敏感だ。

紗季が言っていたように、夫とのセックスレスがつづいて、この女盛りを迎えつつある肉体が、男を求めているのだろう。

翔太が担当するテニススクールで、夫と上手くいっている奥さんはひとりもいない。結婚して時間が経過すると、ほとんどの夫婦はセックスレスになるみたいだ。

（葉子さんもそうだったんだな）

複雑な思いを抱きつつも、もともと好きなタイプだった人妻を抱けることに、胸が熱くなる。あそこも硬くなる。

これまで学習してきたことをぶつけるように、丹念に乳首を舐めた。

もう片方の乳房を揉みしだきながら、こっち側の乳首を舌でねろねろと転がす。押しつぶすように押しつけ、それから、上下に舐めた。唾液を載せた舌でゆっくりとなぞり。それから、左右に弾いた。つづけざまに強く舌を叩きつけると、硬くなった突起が揺れて、

「ぁあああ……いいんです！」

葉子が嬌声を噴きあげて、顔をのけぞらせる。

翔太がさらに乳首を舌で転がし、もう一方の乳首も指でいじると、

「ぁあああ、気持ちいい。気持ちいいの……ぁああ、欲しい。ここに欲しくなるんです」

葉子は下腹部をぐいぐいせりあげて、ローターが唸っている箇所をスコートの上から手で押さえた。

(そうか……ずっとローターがなかで唸っているんだから、我慢できなくなるよな)

翔太は体をおろしていって、オフホワイトのアンダースコートに手をかけた。

引きおろし、足先から抜き取っていく。

すらりとした足を開かせて、その間にしゃがんだ。

長方形に剃られた繊毛の流れ込むところに、女の扉が閉まっていて、そこから紫色の紐が出ている。

引き出しやすいように、紐が輪のようになっている。

ビーッ、ビーッと音がして、周辺が微妙に振動しているのがわかる。

「ぁああ、恥ずかしい……そんなに見ないでください」

葉子が訴えてくる。

「引っ張っていいですか？」

「はい……取ってください。もう、痺れているんです」

うなずいて、翔太は輪になっている紐に指を入れて、引っ張った。

すると、紫色の楕円形が膣から少しずつ顔をのぞかせる。きっと、膣口を内側から押し広げられるような感覚なのだろう、

「ぁああ、すごい……ぁあああ、生まれるぅ」

葉子が顔をゆがめる。

さらに引くと、ローターが半分ほども出てきて、ちゅるっと抜けた。

しばらくすると、

「ぁあああ……寂しいの。あそこが寂しいの……」

葉子が腰をもどかしそうにくねらせる。
こうしてほしいのだろうと、翔太はパープルのローターをクリトリスに当てた。
途端に、葉子はびくんと震えて、
「ぁあああ、そこ、弱いんです。ぁああ、ぁあああああ、イッてしまう……ぁあ
ああ、恥ずかしいわ。わたし、淫乱みたい……そうじゃないのよ。本当は淫ら
じゃないのよ……だけど、気持ちいい……ねえ、コーチのお指が欲しい。指を
ちょうだい。お願い……ズポズポしてぇ」
そう訴える葉子の腰や太腿がぶるぶると小刻みに震えている。
「ズポズポしますよ」
翔太が右手の中指を膣口に添えると、そぼ濡れた火口にぬるぬるっと吸い込ま
れていき、
「はうぅぅ……！」
葉子が思い切りのけぞった。
(ああ、すごい。締まってくる)
その窮屈さに驚きながらも、少しずつピストンさせる。
長時間、ローターを受け入れていた膣はどろどろに溶けていて、抜き差しする

たびに粘液がすくいだされて、ぐちゅぐちゅと淫靡《いんび》な音を立てる。

そして、上方のクリトリスにはローターが押し当てられて、ビーン、ビーンと突起に振動を使えているのだ。

「ぁあ、あああ……イキそう。本当にイキます……いいですか？　イッてもいいですか？」

絶頂する許しを請う葉子を、すごく愛おしい存在に感じた。

「いいですよ。そうら、ズボズボしますすよ」

中指を激しく抜き差ししていると、

「ぁああ、もっと、もっと太いのがいい。指を二本にしてください。もっと、太いのがいいんです」

葉子がせがんできた。

（おおぅ、すごい……あの萩原葉子が……！）

翔太はひどく昂奮しつつ、人差し指を加えた。

中指と人差し指で、膣の天井を擦りあげるようにして、ピストンする。すると、葉子が一気に高まっていった。

「ぁああ、あああ……気持ちいい。気持ちいい……イキます。イク、イク、イッちゃう！　やぁあああああああ……！」

ここがラブホテルであることもあるのだろう、葉子は部屋中に響きわたるような声をあげて、昇りつめる。

のけぞってから、がくん、がくんと躍りあがっている。

そのたびに、膣が二本の指を締めつけてきた。

3

葉子の次に、翔太がシャワーを使った。

浴び終えて、バスルームを出る。ベッドでは裸の葉子が寝そべっていて、見事な裸身が周囲の鏡に映っていた。

翔太は近づいていき、ベッドにあがる。

すると、葉子が仰臥した翔太に覆いかぶさるように、ちゅっ、ちゅっと唇にキスをし、それから、胸板に舌を這わせる。

翔太には天井の鏡に映った葉子の姿が見える。

仰向けに寝た翔太に覆いかぶさるようにして、胸板にキスをしている。

天井の鏡には、葉子の美しい曲線を描く背中と、くびれたウエスト。細腰から急激にふくらんでいく豊かなヒップが映っていた。

「葉子さんの後ろ姿がよく見えます。天井の鏡にばっちり映っています」

そのことを伝えると、葉子は上を見あげて、

「本当ですね。恥ずかしいわ、これ……わたしの大きなお尻が丸見えだわ」

「違います。葉子さんのお尻はむしろ長所だと思います。色が白くて、プリッとしていて、触りたくなる……ほら、横にも映っている」

ベッドを囲む三方の壁にも鏡が張られて、そこには、這うようにして胸板にキスをしている葉子の姿が映っている。

「ぁああ、いや……恥ずかしいわ……」

見ていられないといった様子で葉子は顔をそむけ、集中して、翔太の乳首に舌を走らせる。

そうしながら、右手をおろしていき、勃起を握った。

ゆるゆるとしごきつつ、左右の乳首を丹念に舐めている。

やがて、肉棹をしごく指に力がこもり、ぎゅっ、ぎゅっと強く擦りながら、

「ぁああ、あああぁぁぁ……」

と、艶めかしい声を洩らす。

顔が胸板からおりていき、腹からまっすぐに下へと移動していった。そして、こうしたくてしょうがなかったというように、大胆に怒張に貪りついてきた。

一気に根元まで頬張り、ぐふっ、ぐふっと噎《む》せた。

相当苦しいはずなのに、吐き出そうとはせずに、一途にしゃぶってくる。

喉付近まで切っ先を受け入れて、なかで舌をからませてくる。

ゆっくりと引きあげながら、チューッと吸う。

バキュームしながら、顔を打ち振った。

「おおぅ……ぁあああ、気持ちいい」

翔太はもたらされる快感に唸る。

目を瞑りたくなるのをこらえて、天井を見た。

自分の顔が見える。

そして、開いた足の間にしゃがんだ葉子が、一生懸命に肉棹に唇をすべらせる光景を真上からのアングルで見ることができる。

這うようにしているので、ぷりっとした尻が突き出されて、陶器みたいな光沢《こうたく》を放っている。

激しく顔が上下動している。

「んっ、んっ、んっ……ジュルル……」

啜りながらいったん吐き出した。

それから、根元を握りしごきながら、同時に亀頭冠を中心に唇を勢いよくすべらせる。

「ぁああ、気持ちいい……！」

翔太はうっとりと快感に酔いしれる。車のなかで射精していなかったら、きっともう放っていただろう。

視野の狭まってきた目で天井を見ると、葉子のポニーテールを結んだ赤いリボンが激しく揺れていて、それが、翔太を昂《たかぶ》らせる。

葉子はちゅぽんと吐き出して、向かい合う形でまたがってきた。

唾液まみれの肉茎をつかんで、M字開脚した足の中心に擦りつけた。ぬるぬると濡れたところに亀頭がすべって、

「ぁああ、気持ちいい……これだけで、気持ちいいの」

のけぞるようにして、何度も濡れ溝を擦りつける。

それから、下を向いて、亀頭部を導き、ゆっくりと慎重に沈み込んでくる。

亀頭部が窮屈なとば口を押し広げていく確かな感触があって、

「はぁあああうぅぅ……」

葉子がのけぞりながら、奥歯を食いしばった。

それから、もう動きたくてしょうがないといった様子で、腰を前後に揺すりはじめた。

奥まで呑み込んだ肉柱を揉み込むような動きで、腰を振っては、

「んんんっ……んんんっ……ぁあああ、声が出ちゃう……コーチ、硬いわ。硬くて長い……ぁああ、すごい……奥をぐりぐりしてくるんです。たまらない……たまらない……ぁああ、あんっ、あんっ、あんっ……」

葉子が腰を縦に振りはじめた。

（おお、すごい……！）

むっちりとした足を大胆にM字開脚しているので、翳りの底に自分のイチモツが出入りする様子がまともに見える。

そして、葉子はリズミカルに腰を上下動させながら、

「あん、あんっ、あんっ……」

愛らしい声をあげる。

少し前傾して、尻を振りあげ、叩きつけてくる。

そのたびに、ポニーテールが揺れる。最高のシーンだった。

「あん、あん、ぁあああん……ダメッ、イキそう。恥ずかしわ……わたし、またイッちゃう」

「いいんですよ。イッてください」

翔太は腰がおりてくる瞬間を見計らって、グーンと屹立を突きあげる。

切っ先が奥の奥まで貫く感触があって、

「ぁあああ……イク、イク、イっちゃう！」

葉子はスクワットでもするように腰を上下動させる。

乳房がぶるん、ぶるるんと縦に揺れて、髪とも揺れる。次の瞬間、

「うっ……！」

葉子は低く呻いて、がくん、がくんと全身を揺らせ、操り人形の糸が切れたように、前に突っ伏してきた。

（すごい人だ。何度だってイケるんだな）

臥《ふ》せってきた女体を翔太はおずおずと抱きしめる。

すると、葉子が唇を重ねてきた。

ねろりねろりと舌をからませてくるので、翔太も応戦して、舌を吸い、からめる。いつの間にか、キスもそれなりにできるようになった。

すると、葉子はディープキスをしながら、微妙に腰をくねらせる。

膣の粘膜がうごめくようにして、勃起を包み込んできて、翔太もピストンしたくなった。

背中と腰を抱き寄せて、下から撥ねあげてやる。

すると、屹立が斜め上方に向かって、体内を擦りあげていって、

「んんん、んんんんっ……ぁあああ、いいんです」

葉子はキスをやめて、のけぞりながら、艶めかしい声を洩らした。

(これ、けっこう気持ちいいぞ)

翔太はつづけざまに打ち込んだ。

腰で撥ねあげるようにすると、上で葉子が弾み、

「あんっ、あんっ、あああっ……すごい、すごい……」

葉子がぎゅっとしがみついてきた。

(よし、これなら……)

翔太はもっとガン突きしたくなって、いったん結合を外し、葉子をベッドに這

わせた。

後ろからイチモツを送り込んでいくと、窮屈な膣がそれを悦ぶかのようにからみついてきて、

「ぁあああ、奥まで来てるぅ」

葉子が顔をのけぞらせた。

「葉子さん、正面を見て。何が映ってる？」

問うと、葉子は正面に張ってある鏡を見て、

「ぁああ、いやいや……」

首を左右に振った。

「何が見えますか？」

再度、問うと、葉子はおずおずと前の鏡を見て、言った。

「……わたしが映っています」

「どんな葉子さんが？」

「……四つん這いになって、後ろからコーチに……いやらしい格好だわ。ものほしげにお尻を突きあげて……」

翔太は腰をつかみ寄せて、徐々にストロークのピッチをあげていく。

するど、下を向いた乳房がぶらん、ぶらんと揺れて、

「あんっ、あんっ、あんっ……いやいや、これ、恥ずかしい……」

そう言いながらも、葉子はしっかりと鏡のなかの自分を見ている。

葉子も美しいがゆえに、ナルシシズムのようなものを抱えているのかもしれない。

翔太は葉子の右腕を後ろに持ってこさせて、前腕部をつかんだ。すると、葉子も翔太の腕を握ってくる。

そのまま自分のほうに引き寄せて、最初は静かに突く。

途中までのストロークを連続して送り込む。

紗季はこの体位で潮吹きしたのだが、葉子はどうなのだろう？

しばらく浅瀬への抜き差しを繰り返していると、

「ぁああ、もっと奥に……」

そう言って、葉子は自分から腰を後ろに突き出してくる。

どうやら、葉子はGスポットよりも奥のほうが感じるようだ。

腕をつかみ寄せて、思い切り深く叩き込むと、屹立が子宮口を打ち、

「あんっ……あんっ……！」

葉子はのけぞりながら、華やいだ声をあげる。

翔太は後ろから突き刺しながら、前を見る。鏡に葉子の姿が映っていた。片手を後ろに引っ張られて、半身になりながらも、美乳を波打たせて、じっと鏡のなかの自分を見ている。

「あんっ、あんっ、あんっ……イキそう」

そう窮状を訴えながらも、とろんとした目で鏡のなかの自分を目を細めて見ているのだ。

「いいですよ。イッて……俺も出します」

「ぁああ、ちょうだい。大丈夫よ。安全な日だから、中出ししてください」

「はい……そうら、出しますよ」

「あんっ、あんっ、あんっ……イキそう……わたし、またイッちゃう……」

もう少しで二人とも絶頂を迎えるというところで、コンコンッと、ドアをノックする音が聞こえた。

ハッとして、翔太は動きを止めて、葉子の手を離す。

(誰だろう？　ホテルの従業員か？)

硬直していると、葉子が自ら結合を外し、バスローブをはおって、ドアに向かった。

ドアを開けると、女性が入ってきた。

その顔を見て、仰天した。

女は今野紗季だった。紗季がにっこり笑って、部屋に入ってくる。

4

(どうして、紗季さんが？　だいたい、なぜここがわかったんだ？)

啞然としていると、紗季が言った。

「ゴメンなさいね。急に来ちゃって……じつは、葉子さんにはきみとどうなったか、経過を連絡するように頼んでおいたのよ。そうしたら、さっききみがシャワーを浴びている間に、連絡をくれたの。ここにいるって言うから、飛んできちゃった。大丈夫よ。ちゃんと葉子さんには許可を取ってあるから。そうよね、葉子さん？」

相槌を求められて、

「はい……コーチ、ゴメンなさい。言わなきゃと思ったんだけど……」

「平気よ、翔太くんは。だって、狩野翔太はわたしたちの共有物だもの。童貞君で彼女かできなくなって困っていた翔太を、わたしたちが男にしてあげたのよね。そうよね？」

「……はい」

「きみだって、３Ｐしたいよね？　わたしはしたいから、来たの。したいよね？」

「……も、もちろん」

そりゃあ、男ならたとえまだ覚えたてでも、三人でしてみたい。

「よかった。じゃあ、わたしはシャワーを浴びてくるから、その間に、二人はさっきのつづきをしてなさい。すぐに出てくるから」

そう言って、紗季はバスルームに消えた。

「ゴメンなさいね。騙《だま》したみたいになって……」

葉子が謝った。

「いや、大丈夫です」

「許していただけるんですか？」

「はい、もちろん」

「それなら…。さっきは本当にもう少しでイクところだったんです。これが欲しいわ。紗季さんが出てくる前に、イカせてください」

驚きすぎて、勢いを失くした肉茎を、葉子が頬張ってきた。

一気に咥えられて、ストロークされると、分身がまた力を漲らせる。

そして、葉子は自ら仰向けになって、曲げた足を開き、

「ちょうだい。早く……」

自分で陰唇を左右にひろげて、淫らにせがんでくる。

バスルームからは、まだシャワーを使う音が聞こえている。

途中で紗季が現れそうな気がするが、ここはやるしかない。期待に応えたい。

猛りたつものを慎重に埋め込んでいく。

ぐぐっと奥まで入れて、葉子の膝裏をつかんだ。

葉子は身体が柔軟だから、足が身体に接するほどに曲がる。

膣も柔軟で、ひくひくしながら分身にまとわりついてくる。

「ぁああ、最高だ。葉子さんのオマ×コ、最高だ」

翔太は快感に酔いしれながら、打ち込んでいく。

この体勢だと、自然に勃起が深いところまで届く。かるくピストンするだけで、

葉子はシーツを掻きむしり、

「あんっ、あっ、あんっ……」

喘ぎをスタッカートさせる。

ふと、この体勢なら、葉子は天井の鏡に自分が映っているのが見られるはずだと思い、

「葉子さん、目を開けて、上を見てください。何が見えます？」

言うと、葉子が閉じていた目を開いた。

天井の鏡には、両足を開かされて、上からのしかかれて貫かれている葉子の姿がはっきりと映っているはずだ。

「ぁああ、恥ずかしい……恥ずかしいわ」

「行きますよ。ガンガン突きますよ」

翔太は膝の裏をつかんで開かせながら、つづけざまに打ち据える。すると、美乳がぶるん、ぶるるんと波打って、

「あんっ、あんっ、あんっ……ぁあああ、イキそう。イキそう」

葉子はさしせまった声を放ちながらも、じっと天井の鏡を見ている。

翔太がストロークのピッチをあげようとしたとき、いきなり、背後から抱きつ

かれた。

いつの間にか現れた紗季がベッドにあがって、翔太に後ろから抱きついてきたのだ。

「もう、いやらしいんだから……ガンガン、腰を振って……きみのお尻、筋肉質で逞《たくま》しいわよ。わたしもこの強靱《きょうじん》な腰で突かれたいわ」

そう言って、紗季は翔太の背中に湿った乳房を押しつけ、胸板に手をまわして、乳首をいじりまわした。

それから、前にまわって、葉子の乳房に顔を寄せる。

「きれいな胸をしているわね。柔らかくて、気持ちいいわ……こうされるのが好きでしょ？」

痛ましいほどにせりだしている乳首にキスを浴びせ、それから、舐めた。つるっ、つるっと女の赤い舌が乳首を這うと、

「あんっ……あんっ……」

葉子が喘ぎ、そのたびに、膣がびくっ、びくっと締まった。

（紗季さん、レズっけもあるのか？）

Mだし、潮吹きするし、レズでもある。

翔太は感心してしまう。だが、今野紗季ならそれも不思議ではないという気もする。前から、どこか得体の知れないところがあると感じてはいた。

紗季は、葉子の唇にキスをした。濃厚なキスで、いつまで経っても、唇が離れない。

紗季は長い時間、ディープキスをしながら、乳房を揉みしだき、乳首を時々捏ねている。そして、葉子は抗《あらが》うこともなく、身を任せて、

「んんんっ、んんんんっ……」

くぐもった声を洩らしながら、もどかしそうに腰をくねらせる。

「イキたいのね？」

紗季が唇を離して、確かめた。

「はい……もうおかしくなりそう……突いてください。ガンガン突いて、イカせてください」

葉子が翔太に潤みきった目を向ける。

翔太は期待に応えようと、スパートした。

葉子の膝裏をつかんで、押し広げ、つづけざまに深いところに切っ先を届かせる。

「あんっ、あん、あんっ……イキます。紗季さん、イッていいですか？」

「いいわよ。イキなさい。美しいあなたがイクところを見せて……」

紗季の言葉を受けて、翔太は力を振り絞る。

奥歯を食いしばって、射精しそうなのをぐっとこらえた。おそらく、このあとで、紗季を相手にしなくてはいけない。そのためには、射精しないほうがいい。

息をつめて、連続して叩き込むと、葉子の様子が逼迫してきた。

「あんっ、あんっ、あんっ……ぁあああ、あああぁ、イク、イク、イッちゃう……やぁあああああ！」

甲高い喘ぎを噴きこぼしながら、のけぞった。

がくん、がくんと震えて、そのたびに、肉路が勃起を締めつけてくる。

「お、くっ……！」

翔太は射精をかろうじてこらえた。

その下で、葉子はイキつづけていた。

5

ぐったりしている葉子を見て、紗季が翔太を押し倒し、尻を向ける形で上にまたがってきた。

シックスナインである。

葉子の淫蜜まみれの勃起を、紗季が頬張ってきた。

ずりゅっ、ずりゅっと唇でしごき、ジュルルッと吸い立ててくる。紗季はMだから、他の女性の膣に埋まっていた翔太の分身を頬張っても、いっこうに汚いとは思わないのだろう。むしろ、それが快楽なのだ。

翔太も目の前で息づく肉の花に顔を寄せる。

ぬるぬるっと舐めあげると、肉びらが見る間に花開いて、サーモンピンクの肉庭がのぞき、小さな膣口がひくひくっとうごめいた。

シックスナインにも慣れた。

狭間の粘膜を舐め、クリトリスをれろれろっと舌で転がす。

すると、おびただしい粘液があふれて、翔太の口許を濡らした。

「んっ、んっ、んっ……」

湧きあがる快感をぶつけるように勃起を頬張っていた紗季が、ちゅるっと吐き出して、下半身のほうに移動していった。

背中を向けたまま、いきりたつものを尻たぶの底になすりつけ、慎重に沈み込んできた。

肉棹が膣の粘膜をこじ開けていって、

「ぁあああうぅぅ……」

紗季はのけぞって喘ぎ、両膝を開く。

それから、腰を振りあげて、振りおろす。

丸々とした尻を上下に弾ませて、

「あん、あん、あんっ……」

甲高い声で喘ぐ。

それから、ぐっと前に屈んで、乳房を翔太の足に擦りつけて、

「ねえ、お尻に指を入れてちょうだい。そこに、ローションと指サックがあるから」

まさかのことを言う。

そう言えば、先日、紗季は真行寺に指をアヌスに入れられて、歓喜に噎せんでいた。翔太は自分もやってみたいと思った。

「わかりました」

翔太は枕許に置いてあった指サックを中指に嵌めた。

それから、ローションの入ったチューブを持って、ローションを尻たぶの谷間に垂らすと、中指でアヌスに塗り込んでいく。

茶褐色の窄まりをなぞるだけで、

「ぁああ、あああああ、気持ちいいの」

紗季はくねくねと尻をくねらせる。

妙な感じだ。紗季の膣には自分の肉棒が突き刺さっていて、その数センチ上の茶褐色の窄まりが指で突かれて、ひくひくとうごめいている。

「ああ、ちょうだい。もう入ると思うから」

「はい……」

翔太は指サックがぴったりと張りつく中指を、おずおずと窄まりに当てる。

「待って……わたしが息を吸って、ゆっくりと吐くから、吐いている間に入れてちょうだい。行くわよ」

紗季が息を吸って、吐く。

すると、アヌスの窄まりが明らかに開いて、ひろがってきた。その中心に中指を縦にして押し当てた。

ちょっと力を入れただけで、皺の凝集《ぎょうしゅう》が難なくひろがって、中指を迎え入れた。

「ああ、入った！」

思わず言うと、紗季が自分から腰を突き出したので、中指がぬるぬるっとアヌスへと埋まっていき、

「あうぅぅぅぅ……！」

紗季が低く呻いた。それから、言った。

「指を動かして……ピストンして……」

うなずいて、翔太は中指を縦にしたまま、出し入れをする。

肛門括約筋がぎゅっ、ぎゅっと締めてくる。だが、ゆるんだときには、ねっとりとした粘膜のようなものがからみついてきて、まるで内臓を抜き差ししているようだ。

そのとき、ふと、自分の指の下に何か硬くて丸いものがあることに気づいた。

指腹で触ってみると、明らかに丸い円柱のような形をしている。

「ああ、これが、俺のおチンチンか……！」

衝撃だった。

直腸と膣の間の隔壁は、それほどに薄いのだと思った。

翔太が中指の腹で、自分のおチンチンをなぞるようにすると、

「ぁああ、いいの……それ、いい……ぁああ、ああ、たまらない。お尻もオマ×コも両方気持ちいいの。ぁあああ、おかしくなる。ああああ、恥ずかしい……わたし、恥ずかしい……」

喘ぐように言いながら、紗季は自分で腰を振り、前でおチンチンを、後ろで指を締めつけてくる。

そのとき、足にねっとりとしたものがまとわりついてくるのを感じた。

それは紗季の舌だった。

紗季は二つの穴を犯されながら、男の足を丁寧に舐めてくれているのだ。そのなめらかな舌が向こう脛を這うと、ぞわぞわっとした快感が走る。

前屈しているので、いっそう尻があがって、アヌスがあらわになっている。そして、セピア色の皺の凝集に、翔太の中指が根元まで嵌まり込んでいた。

「ぁあああ、あああ……気持ちいい。イキそう……」

紗季が自分から腰をつかうので、翔太もそれに合わせて、中指をピストンさせる。

つづけていると、紗季の気配が変わった。

「ぁあああ、お尻もオマ×コもどっちもいいの……イキそう。ねえ、イキそう……イッていい？」

「いいですよ。イッてください」

紗季は激しく腰を打ち振って、

「うあっ……！」

背中をしならせた。それから、震えながら突っ伏していく。

だが、まだ翔太は射精していない。

今夜はある一線を越えたのか、何だってできそうな気がする。

いったん結合を解いて、指サックも外した。

すると、さっきまでぐったりとベッドに臥せっていた葉子が復活して、翔太を押し倒し、下腹部のイチモツをしゃぶってきた。

紗季の粘液でどろどろの屹立をいさいかまわず舐め清め、

「ぁああ、美味しいわ……」

いつの間にかポニーテールを解いていて、背中の途中まで垂れた黒髪をかきあげる。

ぐっと根元まで頬張り、なかでぐぢゅぐちゅと舌をからませ、吸いあげる。バキュームしながら、唇を往復させる。頬が大きく凹んでいて、いかに強く吸っているかがわかる。

ぐちゅ、ぐちゅ、ぐちゅ――。

淫靡な音とともに、肉棹を擦りあげられる。もたらされる快感に唸っていると、

「わたしも入れてよ」

絶頂から回復した紗季が、翔太の下腹部に顔を寄せてきた。

葉子がハッとしたように顔を引く。

やはり紗季のほうがいろいろな意味でランクが上だから、気をつかうのだろう。

「ふふっ、ひとりで舐めたって面白くないわ。わたしがこっちを舐めるから、葉子さんは反対側を舐めなさいよ。翔太だって、そのほうが昂奮するでしょ？」

紗季に問われて、

「はい、それは……」

翔太は答える。

ギンとそそりたつ肉柱の向かって右側を紗季が、左側を葉子が舐めはじめた。

二人の顔は接近していて、きっとお互いの舌が触れているだろう。

男同士なら絶対に無理だ。しかし、女同士というのは、ちょっと違うらしい。

舌が接するのもかまわず紗季はたっぷりと舐めて、

「美味しいわ……そうよね？」

葉子に同意を求める。

「はい……美味しいです」

葉子も答えて、一生懸命イチモツに舌を走らせる。

ぷっくりとした血管の浮き出た唾液まみれの肉棹を、美女二人が争うに舐めてくれている。

二つのなめらかな舌が蛞蝓《なめくじ》のように肉柱を這う。

そこで、紗季が上から頬張った。亀頭冠を中心に、細かく往復させて、

「んっ、んっ、んっ……」

くぐもった声を洩らす。

そして、葉子はぐっと姿勢を低くして、根元のほうを丹念に舐めてくれる。

信じられなかった。

二人の人妻が、自分の勃起を二人がかりで一生懸命にしゃぶってくれているのだ。

（ああ、すごい……きっと、もうセックスで、これ以上刺激的なことはないだろう）

瞑りそうな目を開けると、天井の鏡に三人の姿が映っていた。

大の字に仰向けに寝ころんだ翔太の開いた足を、二人がまたぐようにして、左右から勃起をしゃぶってくれている。開いた足にたわわな乳房と濡れた膣が擦りつけられて、それがさらに昂奮を呼ぶ。

（ああ、天国だ……）

天井の鏡には、いきりたつ肉柱を頰張り、しゃぶる美しい人妻の背中と尻が映っている。

紗季が亀頭部を吐き出して、替わりに葉子が頰張ってきた。

まったりとした唇をからませて、バキュームしながら亀頭冠に唇を引っかけるようにすべらせる。

そして、紗季は根元を握りしごきながら、もう片方の手で睾丸をやわやわとあやしてくる。

紗季に根元を握りしごかれ、葉子に亀頭冠を引っかけるように唇で摩擦されると、いよいよこらえきれなくなった。

「ぁあああ、出そうだ！」

思わず訴えると、葉子がちゅぽんと吐き出した。

二人で何か相談していたが、やがて、二人はベッドに四つん這いになった。そして、紗季は尻を揺らして言う。

「翔太、ちょうだい。二人にちょうだい。最初に、葉子さんにしてあげて。イッたら、わたしね」

「わ、わかりました」

翔太はまず葉子の後ろについて、いきりたつものを尻たぶの底に押し当てて、慎重に沈めていく。ぬるぬるっとすべり込んでいって、

「はうぅぅ……！」

葉子が低く呻いた。顔を撥ねあげて、がくん、がくんと震えている。

翔太は腰をつかみ寄せて、ゆったりと打ち込む。ガンガン突いたら、きっと出てしまう。そうしたら、紗季に絶対に怒られる。

自制しながらも、徐々に打ち込みの深さを増していく。

すると、奥が感じる葉子は両手でシーツを鷲づかみにして、

「あんっ、あんっ、あんっ……」

甲高い声で喘ぐ。

「ぁああ、いやらしい……早く、ちょうだい。わたしにもちょうだい……ぁああうぅぅ」

すぐ隣で、四つん這いになった紗季が腹のほうに手を潜らせて、クリトリスを刺激して、もどかしそうに尻を振る。

「ぁああ、手を後ろに……」

葉子が言って、右手を後ろに突き出してきた。翔太はその前腕を握って、後ろに引っ張りながら、激しく突いた。

すると、葉子の気配が逼迫してきた。

「あん、あん、あんっ……恥ずかしい。イクわ。また、イッちゃう……ぁああ、突いて。思い切り突いて……わたしをメチャクャにして！」

「そうら、メチャクチャにしてやる！」

翔太がつづけざまに深いストロークを叩き込んだとき、

「イクイ、イク、イッちゃう……いやぁあああぁぁぁ、はうっ！」

葉子はのけぞりながら、どっと前に突っ伏していった。

ぎりぎりで暴発を免れた分身がいきりたっている。

「ぁああ、翔太、ちょうだい。早くぅ」

紗季が求めてきて、翔太は尻たぶの底にどろどろの屹立を打ち込んだ。そこは熱く滾っていて、

「ぁああああああ……！」

紗季は大きくのけぞる。

「ちょうだい。いっぱいちょうだい。わたし、もうイキたくて仕方ないの。突いて。思い切り突いて。紗季を壊して、お願い」

「いいですよ。紗季さんを壊してやる」

もう、自分を制御する必要はなかった。

翔太は腰をつかみ寄せて、怒張を根元まで叩き込んだ。

「あんっ……あんっ……ぁあああ、わたし、串刺しにされている。翔太のチンポで貫かれている……ぁあああ、ぁあああ、もっともっといじめて……」

そう言って、紗季が両手を後ろに差し出してきた。

こうしてほしいのだろうと、両腕の前腕を握って、後ろに引いた。のけぞるよ

うにすると、紗季の上体が浮きあがった。

その状態で、つづけざまに突き刺す。

「あん、あん、あん……ぁあああ、ダメっ……オシッコがしたくなった。出るよ。吹いちゃう！」

紗季がぎりぎりで訴えてくる。

「いいですよ。潮吹きしてください。ハメ潮を吹くんです」

翔太は両腕を引っ張って、紗季の顔を浮かせた形で、連続してえぐった。すると、まったりとした粘膜がからみついてきて、翔太は一気に追いつめられた。

「ぁああ、出ます！」

「ああ、ちょうだい……今よ、今……ぁああああ、吹くぅ！」

翔太がとっさに肉棹を外すと、抜いたはなから、シャーッと透明な液体があふれて、放物線を描いた。

それを見ながら、肉棹をひとしごきしたとき、翔太も達していた。男液が噴き出て、それが紗季の背中や尻にかかり、白濁液がとろっと垂れ落ちていく。

幾度かに分けて吹いていた紗季が、やがて、すべてを出し尽くしたかのようにどっと前に突っ伏していった。

第五章　憧れの先輩との狂おしい夜

1

大学が夏休みに入って間もなく、翔太はS高原にある大学の宿泊施設に来ていた。

この施設は大学のラグビー部や陸上部などが強化合宿を行うところで、四面のテニスコートも整っていて、テニス同好会も毎年ここで合宿を行う。

同好会のメンバーのなかでも、毎年だいたい十数名がここに来る。

同じ大学でも全国的に有名なラグビー部や陸上部とは違って、避暑地で二泊三日でテニスを愉しむ的な趣旨だから、参加していても気が楽だ。

それに……。

翔太が今年もこの合宿に参加したのは、石原莉乃が参加することが決まっていたからだ。

合宿は金土日と行われるが、莉乃は会社が休みの土日だけ参加する。昨年、莉乃はこの合宿を心から愉しんでいるようだった。そして、翔太はそんな莉乃に惚《ほ》れたのだ。

合宿の二日目になって、莉乃はやってきた。

彼女がいるだけで、場の雰囲気が華やかなものになる。

そして、今、翔太はコートで石原莉乃とシングルスの試合をしていた。

莉乃は女性にしては強いし、翔太は男性としては強くはない。だから、試合をすると、接戦になって、盛りあがるのだ。

試合はワンセットマッチ。ゲームカウント5―3で、翔太がリードしていた。

試合をしながら、翔太は思っていた。

(どうしたんだろう？　今日の莉乃さんはいつもの莉乃さんじゃない。強気な攻めが影をひそめているし、凡ミスも多い)

だが、サーブは莉乃だから、このサービスゲームを莉乃がキープすれば、どうなるかわからない。

莉乃の顔色が変わった。

すごく集中している。

ファーストサーブを入れるつもりだ。

クリーム色のワンピース型ウエアを着て、長い髪を後ろにリボンで縛っている。きりっとした美貌とバランスの取れたプロポーションがたまらない。唯一バランスが崩れているとしたら、それは胸が大きすぎることだろう。

莉乃はきりりとした面持ちでトスを高くあげて、サーブを打った。打つときに、いつものように「うっ」と呻いた。

髪が揺れて、大きなオッパイも波打った。

よくコントロールされたサーブがコーナーぎりぎりに入り、すべって逃げていく。

あらかじめこのコースを予想していた翔太は、ぎりぎり手を伸ばして、逃げていくサーブを拾った。

(ああ、ダメだ……!)

ふんわりとしたロビングになった球は、スマッシュをするのに絶好な返球となって相手コートに力をなく飛んでいった。

莉乃がそのロビングを待ちかまえて、スマッシュの姿勢を取った。

少し後ろに反り、弓を引くようにラケットを後ろにかまえた。

左手をあげて、弓なりに反った姿を美しいと思った。

翔太はポイントを取られるのを覚悟した。もし自分に向かってきたら、逃げなくてはいけない。

身構えた。

しかし、莉乃のスマッシュは打点が悪かったのか、ネットに引っかかって、向こうのコートに落ちた。

「ぁあああ……！」

珍しく莉乃がヤケクソな声を張りあげた。

いつも冷静な莉乃がこんなに負の感情をあらわにしたのは、初めてだった。

それから、莉乃は集中力を失くしたのか、つづけざまにミスをして、このゲームを落とし、結局、6―3で翔太が勝利した。

そのときからだ。

翔太が、莉乃の様子がいつもとは違う、きっと何かあったんだと確信したのは。

夕方になって、練習を終え、それぞれがシャワーを浴びて、私服に着替えた。

持参した大量のビールを呑みながら、頼んでおいた仕出しの料理を食べた。

莉乃は明るく振る舞っていたが、それが先輩としての義務感のようなもので、本当は心配事で頭を悩ませているのがわかった。

しばらくして、莉乃は缶ビールを持って、ひとりでふらりとその部屋を出ていった。

翔太も缶ビールをつかんだまま、あわててそのあとを追う。

莉乃が向かったのは屋上で、この建物には星がきれいに見える屋上がある。

翔太がドアを開けて、屋上に足を踏み入れると、莉乃が落下防止用の金網につかまるようにして、夜空に浮かぶ満天の星を眺めていた。

涼しげな柄の入ったワンピースに薄いパーカーをはおっている。いつも束ねている髪は解かれて、背中に散っている。

翔太が近づいていくと、莉乃は振り返って、微笑んだ。

「ああ、きみか……そんな気がした」

「そんな気がしたって？」

「きみがわたしのことを心配してくれているのは、わかっていたの。試合のあとで、心配そうにわたしを見ていたから」

「……そうですか。わかっちゃいましたか……で、何かあったんですか？　俺でよければ、相談してください」

思い切って言う。

「きみ、急に大人になったね。きみこそ、何かあったんじゃないの？　それを教えてくれたら、わたしも……待って」

莉乃は出入り口のドアの鍵をこちら側から締めて、戻ってきた。

「ベンチに座ろうか」

莉乃が屋上のベンチに腰をおろしたので、翔太もその隣に座る。

初夏だから、昼間のコートの上は暑いが、この時間になると、涼しくなる。時々、吹く高原の風が、莉乃の長い髪を散らしている。

そのくっきりした横顔に見とれていると、莉乃が訊いてきた。

「翔太くん、もしかして、ガールフレンドができた？　しかも、大人の関係の？」

ドキッとした。どう答えたらいいのか迷ったが、

「ガールフレンドはいません。ただ、ある方に男にしてもらったというか……」

「ひょっとして、童貞を卒業させてもらったってこと？」

莉乃がこちらを見た。微笑ましそうにしている。

「ええ、まあ……二十歳になっても、女の人の手も握ったことがなかったんで、

俺、大丈夫かなって焦っていて……でも、ようやく童貞を卒業できました」

「よかったじゃないのよ。で、相手はカノジョさんにはならないわけ？」

「はい……年上の方ですし、人妻ですから。そういう気持ちはないです。俺もその人をご主人から奪おうって気はないですから、たとえ出来心でも童貞を卒業させてもらってよかったと思っています」

言うと、可哀相に思ってくれたのか、莉乃が翔太の手をつかんで、自分の太腿の上に載せた。そして、下からと上からと、翔太の手をサンドイッチするみたいにして、重ねてくる。

「やっぱり、翔太くんはいい子ね」

莉乃が手をさすってくれるので、ドキドキして、心臓が口から出そうになった。同時に、股間のものがハーフパンツを持ちあげてくる。

フィットタイプのハーフパンツなので、きっと勃起がわかってしまうだろう。隠したいのだか、それを莉乃に察知してほしいという気持ちもあった。

「あ、あの……俺は話したんで、莉乃先輩のほうも……」

「そうね。翔太くんだから話すのよ」

「はい……他の人には絶対に言いません」

「いつも、わたしを迎えにきていた彼氏がいたでしょ？」

「ええ、知っています」

「彼は、取引先の課長なのね。課長と言っても、まだ二十八歳だけど。ここ二年くらいつきあっていたの。彼に告白されて、わたしも感じのいい人だと思っていたから。でも、彼に縁談が持ちあがったの。相手は彼が勤めている会社の社長令嬢で、その会社は一族で経営している、縁故関係で成り立っている古い体質の会社なのよ。彼は随分と悩んだらしいけど、結局はわたしより出世を選んだのね。社長令嬢と結婚すれば、社長の座を約束されたようなものだから。事情を聞かされて、わたしを選べとは言えなかった。彼はそれなりに優秀だから、社長をしたら、きっとあの会社はもっと大きくなる……そういうことがわかっていて、出世の道を閉ざすような真似はしたくなった。だから、別れてあげたの……」

そう言って、莉乃はぎゅっと唇を真一文字に結んだ。

「そんなことがあったんですね」

「……わたしは自分で正しいことをしたと思っているのよ。でも、時々ふっと虚《むな》しくなって……自分で選んだはずなのに、心の底の理性では覆いきれない部分が、悲鳴をあげているのかもしれないわね」

莉乃が顔を伏せた。

何か熱いものが胸に込みあげてきて、気づいたときには、手を肩にまわして、莉乃を抱き寄せていた。

いやがられるかと思った。しかし、莉乃は身体を寄せてきた。

「不思議ね。きみが相手だと、拒《こば》もうという気にならない。どうしてかしらね？」

莉乃がぼそっと言った。

「俺、ずっと莉乃さんが好きでした。ずっとです」

翔太は思い切って気持ちを打ち明ける。

すると、莉乃は顔をあげて、横から翔太を見つめた。真剣な顔でまっすぐに見つめ、瞳を覗き込んでくる。

翔太は莉乃の大きな瞳のなかに吸い込まれそうだった。

と、莉乃は顔を少し傾けて、唇を寄せてきた。

翔太の唇に唇をくっつけて、ついばむようにした。それから、唇を重ねて、翔太を抱きしめる。

一気に舞いあがった翔太だが、徐々に落ち着いてきて、おずおずと背中を抱きしめる。

するとと、キスしながら、莉乃の手がおりていって、胸板から下腹部へとさがっていった。

ハーフパンツを押しあげた勃起を静かになぞって、言った。

「さっきから、ここを持ちあげていたよね。そんなにわたしが好き?」

「はい……ずっと好きでした。今はもっと好きです」

「うれしいわ……」

にこっとして、莉乃はまた唇を重ねてきた。舌で唇の狭間をねぶりながら、ハーフパンツを持ちあげたものを情熱的に擦りあげてくる。

翔太の分身はひとさすりされるたびに、いっそう力を漲らせ、ついには、先走りの粘液があふれて、ハーフパンツにシミを作った。

莉乃は舌をからませながら、ハーフパンツのゴムの部分から右手を差し込んできた。

ブリーフを持ちあげた屹立を、布地越しに撫でさすり、

「どんどん硬く、大きくなってくる。どうしてほしい?」

いったんキスをやめて、訊いてくる。

「どうって……あの、じかに触って、それから……」

「わたしがいきなりフェラチオすると思う？　そんな安い女だと思う？」

「あっ、いえ……思ってません。ただ、どうしてほしいかって訊かれたから、言ってみただけで……」

「じゃあ、しなくていいの？」

「えっ……いや、可能なら、していただきたいです」

「どうしようかな？」

「してください。絶対にしてください。してもらえるなら、俺、何だってします」

「何だってするの？」

「はい……」

「じゃあ、何をしてもらうか考えておくわね。約束よ」

「はい、もちろん！」

莉乃はベンチを立って、前にしゃがんだ。

いったん周囲を見まわして、人影がないのを確かめると、翔太のハーフパンツに手をかけた。

翔太が尻を浮かすと、ハーフパンツとブリーフがおりていき、莉乃はそれを足先から抜き取った。

星空に向けて、すごい勢いでそそりたっているものを見て、莉乃がハッと息を呑むのがわかった。

それから、莉乃はにこっと口角を吊りあげて、

「元気だね。夜空に向かって、いきりたっている。二十歳だから？」

「……年齢というより、きっと莉乃さんの前だからだと思います」

「ふふっ、いつもわたしのことを思ってくれてた？」

「はい……自分でするときは、必ず莉乃先輩とするところを想像していました」

「そこで、わたしはフェラチオしていた？」

「ああ、はい……すみません」

「じゃあ、今度、その出演料を払ってもらおうかな。食事とか奢《おご》ってくれる？」

「も、もちろん！」

「いいわ。約束よ。これで二つ、約束したね」

莉乃はやさしい顔で見あげると、そそりたっている肉柱の根元をしなやかな指で握り、亀頭部にちゅっ、ちゅっとキスしてきた。

ぞわっとした快感が走り、翔太は空を見あげる。

霞んだ視界に、無数の星が煌《きら》めいていた。

莉乃は亀頭部の割れ目にちろちろと舌を走らせてくる。尿道口に沿って、舐められると、ぞくぞくっとしたものが背筋を這いあがる。

莉乃はそれから、裏筋を舐めた。

敏感な筋を上下になぞられると、それだけで、分身が躍りあがった。

高嶺の花であり、一方的に慕いつづけてきた女性におチンチンを舐められている。そのことが現実ではないようだ。

ボゥとして、夢のなかにいるみたいだ。

おそるおそる下を見ると、莉乃が亀頭冠の真裏をちろちろ舐めながら、翔太を見あげていた。

少し顔を傾けて、長いさらさらの黒髪を片方に寄せ、大きな目でじっと見あげてくる。

その自分の愛撫がもたらす効果を推し量るような目が、たまらなくチャーミングだった。

視線を逸《そ》らせなくなった。

吸い込まれるように眺めていると、莉乃も翔太を見あげながら、ゆっくりと顔を振りはじめた。

巻きくるめた唇で亀頭冠を引っかけるようにして、小刻みに唇を往復させる。

そうしながら、根元を握った指でゆるやかにしごいてくる。

（ああ、気持ちいい……！）

やはり男とつきあっていたせいだろうか、莉乃の口唇愛撫はとても上手かった。

亀頭冠のカリと内側の感じるポイントを心得ているし、根元をしごきあげてくるその圧力もちょうどいい。

しかも、莉乃は時々、翔太を見あげてくる。

美人系のととのった顔立ちが、肉棹を咥えているせいで、鼻の下が伸びて、妙な顔になっている。しかし、それも莉乃がすると、逆に魅力的に映ってしまうのだ。

徐々に力を込めて、握りしごかれ、カリの裏側を巧みに唇と舌で摩擦されると、ジーンとした痺れがひろがってきた。

「ぁああ、ダメです。それ以上されると……」

翔太が訴えると、莉乃はちゅるっと肉棹を吐き出した。

2

莉乃はもう一度周囲に人影がないことを確認すると、ベンチに座って、

「翔太くん、舐めてほしい」

自分から膝を持ちあげて、左右の膝をつかんだ。

すると、華やかなプリントの入ったふわっとしたワンピースの裾がまくれて、赤に花柄の刺しゅうの入ったハイレグパンティが姿を現した。

「恥ずかしいわ。随分と派手なパンティでしょ？」

「いえ、全然。莉乃さんだからこそ穿きこなせるパンティだと思います。俺はすごく昂奮します」

そう言って、翔太は顔を寄せる。

基底部を横にずらすと、わずかな繊毛とともに女の花園が半ばあらわになった。

ぷっくりとした肉びらがひろがって、内側の濃いピンクの肉庭がのぞいていた。

「きれいだ。ピンクがすごい……」

翔太は吸い寄せられるように、狭間に舌を走らせる。

細い基底部を思い切り横にずらし、現れた花芯を丹念にクンニする。ゆっくりと粘膜をなぞりあげ、上方の突起をちろちろと舌で弾くと、

「ぁあああ、くっ……あっ……ぁうぅぅ、上手……」

莉乃が下腹部をもっととばかりに突き出してくる。

少し前の自分なら、石原莉乃を悦ばせるクンニなどできなかった。しかし、今ならできる。

スクールの生徒の人妻とのセックスは、このためにあったのだとさえ思えてくる。

夜の屋上は静かで、舌が濡れた花芯をなぞるときの、ねちっ、くちゅという淫靡な音がはっきり聞こえる。

そして、莉乃は必死に喘ぎ声を噛み殺して、

「くっ、くっ……ぁあああうぅ」

もっとちょうだいとばかりに、下腹部を擦りつけてくる。

翔太はクリトリスを指で円を描くように捏ねながら、狭間に舌を走らせる。

下のほうで開いてきた膣口の周囲をなぞり、窪みに尖らせた舌を抜き差ししていると、

「ぁあぁ、したくなった。いい？　莉乃としてもらえる？」

愛らしく訊いてくる。

「もちろんです。俺のほうこそ、やらせてください」

「いいわ……じゃあ、翔太くんはベンチに座って」

「はい……」

翔太は下半身裸でベンチに足を開いて座る。

すると、莉乃がベンチにあがって、翔太の下半身をまたいだ。向かい合う形でM字開脚して、翔太の屹立をつかんで導いた。

もう一方の手で基底部を横にずらし、イチモツの先を濡れ溝に擦りつけて、

「ぁあぁ、ぁあぁあ……気持ちいいの。きみのおチンチン、カチカチで気持ちいい……ぁあぁあ、クリちゃんが擦れて、気持ちいい……ぁあぁあ、ぁあぁあ、入れていい？」

莉乃は腰を振りながら、許可を求めてくる。

「もちろんです。入れたいです」

「入れるわね……」

莉乃が沈み込んできた。

ギンギンになった分身が、とても窮屈だが、熱く滾っている細道を押し広げていき、

「はうぅぅぅ……！」

莉乃は顔をのけぞらせながら、しがみついてきた。

勃起が奥まで嵌まり込むと、

「すごい。きみの長い。奥を突いてくる。ぁあああ、苦しい。苦しいくらいに気持ちいいの」

莉乃が耳元で囁《ささや》き、もう一刻も待てないとでも言うように腰を前後に揺すった。

屹立が前後に揉み抜かれて、翔太はその悦びを心から嚙みしめる。

（ああ、ついに俺は、あの石原莉乃とセックスしている。夢にまで見た、憧れの女性とひとつになっている！）

細めた目に、都心で見るよりもはるかに大きく、きらきらして見える星たちの煌きが飛び込んでくる。

と、莉乃がキスをしてきた。

唇を合わせながら、腰をゆるやかに振る。腰づかいが徐々に激しくなって、ついにはキスしていられなくなったのか、顔をのけぞらせて、

「あんっ、あんっ、あんっ！」

押し殺した声で喘ぎ、腰を上下動させる。

スクワットするたびに、翔太の勃起は揉みしだかれ、射精しそうになって、それを必死にこらえた。

「ぁあああ、イク、イク、イクぅ……はう！」

莉乃は顔を撥ねあげて、しがみついてきた。がくん、がくんと身体が躍りあがり、膣が肉棹を締めつけてくる。

（ぁああ、俺はついに、莉乃先輩をイカせた……！）

翔太は歓喜に酔いしれる。

しばらくすると、絶頂から回復したのか、莉乃が恥ずかしそうに言った。

「してもらいたいことがあるんだけど……」

「何ですか？」

「そこの金網につかまりながら、したいの。後ろから……大丈夫？」

「もちろん。俺もそうしたいです」

莉乃はベンチから降りて、パンティを脱いだ。

足元をふらつかせながら、屋上の端にある落下防止用の網につかまり、腰を後ろに突き出してきた。

ワンピースの裾をまくりあげると、むっちりとした色白のヒップがこぼれでた。月の明かりを青白く反射させた尻は、見事な光沢を放っている。

「行きますよ」

いきりたちを尻たぶの底に押し当てて、慎重に位置をさぐり、ゆっくりと腰を進めていく。

ギンギンになった硬直が、女の細道をこじ開けていき、

「はうぅぅぅ……！」

莉乃は喘ぎを押し殺して、背中をしならせる。

「ぁああ、すごい……締まってくる。莉乃先輩のオマ×コがギュンギュン締まってくる……おおぅ！」

強烈な食いしめにあって、翔太は暴発を必死にこらえた。

じっとしていると、金網越しに高原の丘陵や、山々の稜線《りょうせん》が夜空の下に見える。

そして、こちら側では、莉乃の長い黒髪が背中に張りついている。

月明かりを浴びて、白々としているヒップがたまらなかった。

もう制御できなかった。

腰をつかみ寄せて、つづけざまに打ち据えると、

「あんっ、あんっ、あんんっ……ぁあああ、すごい、すごい……そんなにされたら、またイッちゃうよ」

莉乃が甘えた声で言う。

「いいですよ。俺も出そうです」

「いいのよ、中出しして。ピルを飲んでいるから大丈夫。ちょうだい。翔太くんのザーメンが欲しい。知らなかったでしょ？　わたしもずっときみが気になっていたのよ」

「ほんとですか？」

「本当よ。そうでなきゃ、いきなり許さないわよ」

「ぁあ、よかった。俺、最高にラッキーです。ぁあああ、ダメだ。出ちゃう。うれしすぎて、出ちゃう！」

「いいのよ。ちょうだい。あんっ、あんっ、あんっ……ぁああ、イク……また、イッちゃう……」

「そうら、出しますよ」

翔太が尻を引き寄せて、連打したとき、射精前に感じる逼迫感が押し寄せてき

て、

「イク、イク、イクよ……はうっ!」

莉乃が金網を両手でつかんで、痙攣し、駄目押しとばかりに押し込んだとき、翔太も熱い男液をしぶかせていた。

3

二人はいったん呑み会に戻った。呑み会が解散すると、翔太は部屋でシャワーを浴びて、莉乃の部屋に向かった。

『解散したら、シャワーを浴びて、わたしの部屋に来て。新館の３０８号室だから。待っているわね』

莉乃にそう言われたのだ。

翔太は嬉々として、新館に向かい、３０８号室のドアをノックした。すぐにドアが開いて、莉乃が迎え入れてくれた。

驚いた。

莉乃は大きめの男物の白いワイシャツを着ていた。上からボタンが二つ外されて、たわわな胸のふくらみと谷間がのぞいている。

しかも、ノーブラなのだろう、白いワイシャツからは左右に乳首の突起が浮かびあがっていた。

ワイシャツだけであとは何もつけていないので、すらりとした美脚とむっちりとした太腿が伸びていた。もしかして、パンティも穿いていないのではないかと思った。

「びっくりした？　わたし、寝るときは男物のワイシャツがパジャマ代わりなのよ。来て」

莉乃は部屋の照明を暗くして、カーテンを開き、翔太の手を取って、窓の前に立った。部屋にはベランダがついているから、サッシ窓になっている。

「後ろから抱いて。そうされるのが好きなのよ」

翔太は素直に従って、莉乃の背後に立つ。

長い黒髪が背中にまでひろがっていた。髪本来が持つ野性的な香りと、リンスだろうかフローラルな芳香がふわっと匂いたつ。翔太が両側からぎゅっと力を込めると、

「あんっ……」

莉乃はかるくのけぞって、後ろの翔太に身を預けてくる。

「いいのよ、触って……」

「はい……」

翔太はワイシャツ越しに乳房を揉みしだく。その手が震えてしまう。

さっき屋上で、すでに莉乃の身体を味わっている。それなのに、緊張と昂奮で震えてしまう。

ワイシャツの突起をつまんで、くりっ、くりっと転がした。すると、莉乃は腰を後ろに突き出して、

「んっ……んっ……ぁあああ、気持ちいい……」

艶かしく喘ぐ。

ワイシャツを通して感じる乳首がますます硬くしこってきて、そこを円を描くようにさすっていると、

「ぁああ、あああああ……」

莉乃は感じてしまっているのか、腰をますます後ろに突き出して、翔太の勃起に擦りつけてくる。

「翔太くん、わたしをビッチだと思わないでね。普段はこうじゃないのよ。彼と

のことがまだ身体にも残っていて……忘れたいの。彼を忘れさせて。そうしないと、わたし、おかしくなっちゃう」

「……できるかどうかわかりませんが、忘れさせてあげます」

「ああ、頼もしいわ。本当にきみは変わった。よほど童貞を捧げた女性が素晴らしかったんでしょうね。あとで彼女の話を聞かせてね」

「はい……」

「ぁああ、じかに触って」

「はい……」

翔太は言われるままに、右手をワイシャツの襟元から差し込んだ。すぐのところに、たわわなふくらみが息づいていて、それを揉むと、肉層が柔らかく指を押し返してきて、

「んんんっ、ぁあああうぅ……どうして？　きみとすると、どうしてこんなに感じるの？」

莉乃は喘ぐように言って、尻をくねらせる。

その豊かな臀部《でんぶ》が、ハーフパンツの翔太の股間を刺激してきて、分身がますます力を漲らせる。

外はほぼ真っ暗なので、サッシ窓に二人の姿が映り込んでいる。顔をのけぞらせて喘ぐ莉乃の白いワイシャツ姿と、そこに手を突っ込んで、たわわなふくらみを揉みしだいている自分の姿が見える。

乳首をつまんで転がした。すると、カチカチになった乳首がくりっ、くりっとねじれて、

「あっ……あっ……ぁああ、翔太くん、どうしてこんなに上手いの？　童貞を卒業したばかりなんでしょ？」

莉乃が言う。ガラスに映った目が、翔太のことを不思議そうに見ている。

「それは……」

「そうか……その人妻の彼女の指導がよかったのね。ますます知りたくなった。あとで聞かせてね」

「はい……」

「もう、きみは『はい』としか言わないのね？」

「すみません」

「遠慮しなくていいのよ。きみの好きなようにして……そのほうが、わたしはうれしいの」

た。
「わかりました」
翔太は右手で乳首を捏ねながら、左手をワイシャツの裾の内側へと潜り込ませ
すべすべした太腿の奥に、柔らかな繊毛を感じた。やはり、パンティは穿いて
いなかった。
繊毛の途切れるところをさすると、すでに谷間は濡れていて、ぬるっとしたも
のが指にからみつき、
「はうぅぅぅ……！」
莉乃はがくんとして、いったん腰を後ろに引いた。それから、すぐに顔をのけ
ぞらせ、下腹部も開いて、受け入れやすくし、
「ぁああ、濡れているでしょ？　恥ずかしいわ。わかるのよ。自分でも濡れてい
るのが」
腰をくねらせる。
翔太は背後から乳房を揉みしだき、濡れ溝を指で擦った。
タンタンタンとノックするように叩き、上方のクリトリスらしい突起を指先で
捏ねた。円を描くようにさすり、乳首も同じように捏ねまわすと、

「ぁああ、ダメっ……立っていられない。ベッドに連れていって」

莉乃がおねだりしてくる。

翔太はここは男の見せ所とばかりに、莉乃をお姫様抱っこして、ベッドに運ぶ。

「すごいわ。力持ち……」

横に抱かれた莉乃が潤んだ瞳を向けて、翔太にしがみついてくる。

慎重に運んでいって、莉乃をセミダブルのベッドに寝かせた。

長い黒髪を扇状に散らし、男物のワイシャツを着た莉乃は、天使のように美しかった。

ただの天使ではない、官能の天使だ。

前の開いたワイシャツからは、丸々とした雄大な乳房がこぼれ、ワイシャツの裾からは長い美脚が突き出している。

「俺、いまだにこれが現実だって信じられません。あなたを見てから、ずっと好きでした。でも、莉乃さんは高嶺の花で、しょせん片思いだし……でも、夢が叶いました。これは現実ですよね？」

翔太が気持ちを伝えると、莉乃が下から大きなアーモンド型の目を向けた。

「紛れもない現実よ。でも、わたしから元カレを追い出してくれないと、夢に戻ってしまうかもしれないわよ」

「はい……頑張ります」

翔太は上になって、キスをする。

ワイシャツを持ちあげた胸のふくらみの突起にちゅっ、ちゅっと唇を押しつけ、舐めた。

舌でなぞるたびに、唾液がしみ込んで、ワイシャツが張りつき、乳首の形がくっきりと透け出てきた。

（ああ、エロすぎる……！）

変色した突起を吸い、舐め転がしながら、もう片方の乳房をワイシャツごと揉みしだく。たわわなふくらみがワイシャツの下で弾み、

「ぁあああ、あああ……いいの……気持ちいい。気持ちいい……ぁあああああ」

莉乃が心から感じているという声を出し、腰をくねらせた。

乳首をいじるたびに、ここにも欲しいとでも言うように、下腹部をせりあげる。

すると、ワイシャツの裾がはだけて、女性器自身が見え隠れする。

たまらなくなって、翔太はワイシャツ越しに乳首を吸いながら、右手をおろしていった。

ワイシャツの裾をまくるようにして手をそこに押し当てると、女の園はすでに潤んでいて、粘膜の谷間をなぞると、

「はぁあああ……」

莉乃は大きくのけぞって、嬌声をあげ、いけないとばかりに口を手で押さえる。ここは新館で宿泊料金が高いこともあって、両隣に泊まっている者はいない。

それでも、やはり喘ぎ声が外に洩れるのは心配なのだろう。

翔太は濡れ溝を指でなぞっていると、莉乃が自分でんワイシャツのボタンをひとつ、またひとつと外していく。全部、外して、

「じかに舐めて……」

と、せがんでくる。

うなずいて、翔太は左手で乳房を揉みしだきながら、トップを舌で転がす。

直線的な上の斜面を下側の充実したふくらみが支えて、押しあげた乳房は本当に野性的で美しかった。男のためにある乳房だ。

しかも、乳輪からせりだした乳首は透き通るようなピンクで、唾液にまみれて、妖しくぬめ光っている。

柔らかなふくらみをモミモミしつつ、乳首を舌であやした。

ゆっくりと上下になぞり、左右に弾くと、

「ぁああ、あんっ、あんっ、あんっ……ぁあああ、気持ちいい……翔太くん、わたし、おかしくなりそう。なっていいの？」

莉乃が愛らしく言う。

「なっていいんですよ。元カレを忘れるんでしょ？」

「そうね。ぁああ、翔太くん、気持ちいい……もっと、もっとして。ぁあああ、ここに欲しい」

莉乃が下腹部をぐいぐいせりあげる。

翔太はすらりとした足の間にしゃがみ、下半身に顔を寄せた。

ワイシャツの裾がはらりと開いて、むっちりとした健康的な太腿の奥に、縦長の恥毛が走り、その底に女の証が息づいていた。

翔太は両膝を開かせて、花芯を舐めた。

陰唇は乳首と同じように色が薄く、ピンクのふりふりがわずかにひろがって、内部の鮮紅色をのぞかせている。

そして、サーモンピンクの肉庭はすでにおびただしい蜜でぬめり、見られることを恥じているかのようにひくひくっとうごめいている。

そこに舌を走らせた。ぬるっぬるっとなぞりあげると、

「ぁああ、あああああ……気持ちいい……蕩けそう。蕩けちゃう……ぁあああ、あああぅぅぅぅ」

莉乃は夢のなかにでもいるように喘ぎ、もっととばかりに恥丘を擦りつけてくる。

翔太は夢中で粘膜を舐め、その勢いを利用して、上方の肉芽を舌で撥ねあげた。ピンッと弾くと、

「ぁああん……！」

莉乃は華やいだ声をあげ、びくっと恥丘をせりあげる。

やはり、クリトリスが強い性感帯らしい。

指で包皮を引っ張りあげると、珊瑚色のポリープみたいなものが現れ、それをじかに舌でなぞった。

唾液を載せた舌でかろやかに肉真珠を上下左右に弾いた。

「ぁああ、それ……うんっ、うん、んあっ……あっ……ぁあああ、すごい、すごい……はぁあああうぅ、くうぅ」

莉乃は腰を上下に振って、快感をあらわにする。

つづけざまに舐めると、莉乃が言った。

「ねえ、欲しい。きみのカチカチのおチンチンが欲しくなった。ねえ、ねえ……」

「……その前に、俺のをしゃぶっていただけませんか？」

「いいわよ。立ってみて」

あっさり承諾して、莉乃が身体を起こした。

4

前の開いた男物のワイシャツをはおった莉乃は、筆舌に尽くしがたいほどに官能的で麗《うるわ》しい。

翔太がベッドに立ちあがると、その前に莉乃が移動してきた。

正座の姿勢から腰を浮かせて、いきりたちを握った。ゆっくりとしごきながら、見あげてくる。

翔太に大きな目を向けながら、肉柱を腹に押し当てて、あらわになった裏筋をツーッ、ツーッと舐めあげてくる。

「おおぅ、たまらないです！」

思わず言うと、莉乃はにっこりして、黒髪を片方にかきあげ、少し顔を横向けて、フルートを吹くように唇をすべらせる。

「ぁああ、くうぅぅ」

「ふふっ、敏感なんだね。きみのここは」

「すみません」

「いいのよ。感じてくれたほうが、こっちもその気になる」

にっこりして、莉乃はぐっと姿勢を低くした。

上を向くようにして、睾丸を舐めてきた。

長い舌をいっぱいに出して、袋のひとつひとつの皺を伸ばすかのように丹念に舐めしゃぶってくる。

その間も、ぎゅっと肉棹を握って、しごいてくれる。

しかも、それをしているのが憧れの女性で、はだけたワイシャツを着ているので、乳房や下腹部の繊毛が目に飛び込んでくる。

莉乃が皺袋を持ちあげて、さらにその下のアヌスへとつづく会陰を舐めて来たのには、心から驚いた。

「ぁああ、そこは……！」

尻の穴に舌が届きそうになって、あわてて尻たぶを締めた。

「アヌスはいや？」

「はい……ちょっと……それに、莉乃先輩のような方が、俺ごときのケツを舐めてはいけません」

「そう言われると、やりたくなるわ。四つん這いになって……早く！」

叱咤《しった》されて、翔太はあわててベッドに這う。

すると、後ろについた莉乃が、屹立を指で握りしごきながら、尻の谷間を舐めてきた。なめらかな舌が睾丸から会陰へと這いあがってくる。

その周辺をなぞっていた舌が、アヌス本体に届いた。

絶対に匂うだろう。汚いはずだ。

しかし、莉乃はいさいかまわずアヌスの窄まりに舌を突っ込むようにして、丹念に舐めてくる。

最初はくすぐったかった。しかし、舐めつづけられるうちに、ぞくぞくっとした快感が走り、イチモツに力が漲って、ギンとなるのがわかった。

「ほらね、ギンギンになった……ちょうだい。これを……」

そう言って、莉乃はベッドに這う。

床に降りた翔太は、莉乃をベッドの端まで引き寄せ、自分は腰を落として、ヒップの狭間に舌を這わせる。

ぷっくりとふくらんでひろがった陰唇の狭間を舐め、そのまま、アヌスへと舌を届かせる。

まったく崩れのない可憐な窄まりを舐めつづけていると、莉乃の気配が変わった。

「ぁああ、あああ、いいの……お尻も気持ちいい」

そう言って、もどかしそうに尻を振る。

「ちょうだい。ください……前に入れて……もう我慢できない」

それならばと、翔太は床に立ったまま、突き出されているヒップの狭間にイチモツを擦りつける。

あふれている蜜を亀頭部ですくいとり、それをなすりつけるようにして、クリトリスを擦ってみた。すると、亀頭の丸みとカリがつづけざまにクリトリスを擦って、それがいいのか、

「ぁああ、ぁあああ……焦らさないで。焦らさないで……ぁああ、あうぅぅ」

莉乃が早く入れて、とばかりに尻を後ろに突き出してくる。

クリトリスから少し上方に位置をずらすと、亀頭部がとても窮屈な入口を押し広げていって、

「はうぅぅ……！」

莉乃がのけぞって、シーツを鷲づかみにした。

なかの粘膜がざわめきながら、肉柱にからみついてきた。締めつけながら、くいっ、くいっと奥へと引きずり込もうとする。

「ぁああ、莉乃さんのオマ×コ、最高です。ギュン、ギュン締まってくる」

「ぁああ、きみのおチンポも最高よ。硬くて、長い……バックからすると、奥を突いてくるの。もう届いてる……ぁああ、すごい。我慢できない」

莉乃が自分で腰を振りはじめた。

四つん這いの姿勢で、全身を使って尻を後ろに叩きつけてくる。

パチン、パチンと乾いた音がして、怒張が莉乃の体内深くに沈み込んでいき、

「あんっ、あんっ、あんっ……ぁあああ、ダメッ……突いて。翔太、突いて」

莉乃が求めてくる。

翔太は少しこらえて、浅瀬を抜き差しした。

突くときよりも、引くときに力を込めて、カリで粘膜を擦りあげる。Gスポットらしきところに引っかけるようにして、連続して、ピストンすると、

「ぁああ、あああああ……それ、気持ちいい……莉乃のオマ×コ、気持ちいい！」

莉乃が心からの声をあげる。

高嶺の花だった女性が、今は自分の下ではしたない言葉を口にして、もどかしそうに腰を叩きつけてくる。

女性はセックスでは変わる。日常では見せない顔を、ベッドではさらしてくれる。それを体験して、男も昂る。

テニススクールの人妻たちに教わったことを、ここでも感じた。

(俺はこれまで、女性の表面しか見てこなかった。じつは、みんなもうひとつの顔を持っているんだ。それこそが、真実の姿なんだ)

「ぁああ、我慢できない。焦らさないで……突いてください。奥を、奥を……」

莉乃が哀切にせがんできた。

「両手を後ろに……」

言うと、莉乃が左右の手を突き出してきた。

その前腕部をつかんで、後ろに体重をかける。そのまま、のけぞるようにして、

イチモツを叩き込んでいく。

ずりゅっ、ずりゅっと奥までえぐると、莉乃の様子が一気にさしせまってきた。

「あんっ、あんっ、あんっ……ぁああ、イッちゃう。翔太、またイクよ」

「いいですよ。イッて……イクところを見せてください」

つづけざまに強いストロークを浴びせる。

「イク、いく、イッちゃう……イクぅぅぅ……！」

両手を後ろに引かれた莉乃は、大きくのけぞって、がくん、がくんと躍りあがった。

昇りつめたのだ。

だが、まだ翔太は射精していない。

ぐったりした莉乃を仰向かせ、自分もベッドにあがった。

両膝をすくいあげて、蜜まみれのイチモツを押し込んでいく。

ぬるぬるっと嵌まり込んでいって、

「はうぅぅぅ……！」

莉乃が顎をせりあげた。

長い黒髪が扇状にシーツに散って、長いさらさらの髪の毛が肩や胸にもかかっている。

はだけた白いワイシャツから、Ｄカップくらいの美乳がこぼれ、神々しいほどのピンクの乳首がツンとせりだしていた。

たまらなくなって、翔太は膝を放して、覆いかぶさっていく。

腕立て伏せの形で腰をつかうと、

「あんっ、あんっ、あんっ……ぁあああ、いい！」

莉乃は顔をのけぞらせて、後ろ手に枕をつかんだ。

横を向いて、枕をつかむその所作も、ととのった美貌がゆがむさまも、すべてが翔太を幸せにする。

揺れる乳房が、翔太を誘った。

美しい形のふくらみを揉みながら、顔を寄せた。

可哀相なほどにせりだしている乳首をちろちろと舐めた。

しこり勃った乳首が微妙に揺れて、その硬い突起に上下左右に舌を走らせる。

時々、頬張って吸う。

それを繰り返していると、莉乃はまた高まったのだろう。両手を頭上にあげて、

「ぁああ、あああぁ、またイキそう……」

恥ずかしそうに言う。

「いいんですよ。イッてください。俺も、出していいですか？」

「いいわよ。いっぱい出して……わたしのなかにちょうだい。あなたのミルクを注ぎ込んで……ぁああ、あああああ、イッちゃう！」

莉乃がのけぞった。

翔太は肢体を抱き寄せ、短いストロークで攻めた。つづけざまに打ち込むと、

「あん、あんっ、あんっ……」

莉乃は両足を大きくM字に開いて、翔太のイチモツを深いところに導きながら、ぎゅっとしがみついてくる。

「ぁああ、ねえ、もっと深いところに欲しい」

莉乃が耳元でせがんできた。

やはり、莉乃は奥が感じるのだ。

翔太は上体を立て、莉乃の膝裏をつかんで、開きながら押しつける。すると、莉乃の足は大きくひろがりながらも、身体にくっついて、とても淫らな格好になる。

翔太はがしっと膝裏をつかみ、開かせながら、いきりたちを振りおろす。

途中からすくいあげると、いい具合に切っ先が膣の天井から奥へと擦りあげていき、

「ぁあああ、これ……すごい。翔太、すごいわ……ぁあああ、気持ちいい」

莉乃は赤子が眠っているときのように、両腕を顔の脇に置いて、顎を高々とせりあげる。

膝裏をつかんで、上から押さえつけながら、切っ先に体重を乗せたストロークを叩き込む。

この体位だと、莉乃の姿を上から見ることができる。

長い黒髪が乱れて、肌に張りついている。

髪の毛がかかっている乳房が打ち込むたびに、ぶるん、ぶるるんと縦に揺れて、それがはだけたワイシャツからのぞいている。

(ああ、俺はあの石原莉乃とひとつになっている。最高だ。ずっと、こうしていたい。そのためには、莉乃さんに元カレを忘れてもらうことだ。そのためなら、俺は何だってするだろう。イッてください！)

翔太は残っていたエネルギーを使い果たすつもりで、勃起を打ち据えた。

「あんっ、あんっ、あんっ……ぁあああ、翔太くん、イクよ。わたし、またイ

クぅ……」

莉乃が下からとろんとした目で見あげてくる。

「俺も、俺も出します」

「ぁあああ、来て……いっぱい、ちょうだい……あんっ、あんっ、あんっ……イク、イク、イッちゃう……いやぁあああああああぁぁぁ、くっ！」

莉乃はシーツを皺が寄るほどに鷲づかみにして、大きくのけぞった。

膣がエクスタシーの収斂《しゅうれん》をするのを感じて、もう一突きしたとき、翔太も強烈な絶頂へと押しあげられた。

5

しばらくして、二人は部屋のベランダに出て、リクライニングシートに座り、夜空を眺めていた。

二人ともいったんシャワーを浴びて、バスローブを着ていた。

深夜の高原の空には、無数の星たちが煌めいていて、眺めているだけで、心が洗われるようだ。

直角に棟が建っているが、こちらの部屋のなかは暗くしてあるので、たとえ別棟のベランダに人が出ていても、二人は見えていないはずだ。

莉乃が突然、言った。

「翔太くんを男にしてくれた人妻って、どんな方なのかしら？　すごく興味があるな」

「……あまり言いたくないです」

「聞きたいの。わたしの言うことは何でも聞いてくれるんじゃなかった？」

莉乃は執拗だ。逆に言えば、それだけ翔太に興味を持ってくれたことの証でもある。

「……絶対に内緒にしてくださいね。俺、怒られちゃいますから」

「わかったわ。約束する」

「真行寺先輩がコーチをやっていらっしゃるテニススクールがありますよね。うちの同好会で、その臨時コーチのバイトをしている」

「ええ、知っているわ。わたしも何度かコーチに行ったことがある」

「そこの生徒の方です」

「……何歳くらい？」

「ええと……」

そのとき、翔太の脳裏には二人の姿が浮かんでいた。山口里美と今野紗季の。そのどちらの年齢を言ったらいいのか、迷った。悩んだ末に、答えた。

「……二十三歳です」

「二十三歳？　本当に？」

「はい……」

「ウソだわ。たとえ人妻で経験を積んでいたとしても、二十三歳の若さできみをここまで教育できるわけがない。本当はもっと年上なんじゃないの？」

「ああ、はい……そうでした。じつは、三十九歳の方でした」

言い換えたのが良くなかったのだろう、莉乃の様子が変わった。

「何か怪しいな。きみ、ひょっとしてその二人と関係を持ったんじゃないの？」

女の勘は鋭かった。

図星をさされて、翔太はしどろもどろになった。

「い、いえ……違いますよ」

ウソをつくことに慣れていないから、完全に態度が怪しかったのだろう。

「翔太くんは、土日にもそこのコーチに行ってるの？」

「はい……」

「じゃあ、わたしもその日に参加する。あのスクール、確かどこに住んでいても、入れたよね？」

「ええ……入るんですか？」

「お試しかな、最初は」

「そんな……莉乃さんほどの実力の方がやっても無駄です。逆に、コーチでもいいくらいで」

「コーチでもいいのよ。とにかく、そこに行って、きみを男にした奥さんに逢ってみたいの」

「ダメです……」

「どうして、そんなにいやがるの？」

「それは……」

もし、あそこの生徒である人妻四人と関係を持っていたなんてことが知れたら、莉乃に呆《あき》れられて、愛想を尽かされるだろう。

「どうしてもダメです」

「翔太、さっきわたしのためなら何でもしてくれるって言ったわよね？」

「はい……」

「だったら、わたしがあそこに入るのを手伝って。いいわね？　平気よ。たとえきみがそこの生徒の何人かと関係していたとしても、わたしは翔太くんが気に入ったから、ちゃんとつきあう。だから、いいでしょ？」

「それなら、いいです。でも、きっと、あの……」

「……愉しみだわ。何か、わくわくしてきた。新しい道が開けそう。わたし、見かけによらずアドベンチャー好きな女だって、よく言われるのよ。たぶん、きみが思っているようなお淑やかな女じゃないわよ。それでも、つきあえる？」

「……もちろん。俺は莉乃さんのすべてが好きなんです。すべてが……」

「ありがとう。わたしもきみのすべてを好きになりたいのよ」

莉乃がにっこりして、立ちあがり、翔太の前にしゃがんだ。

翔太のバスローブの紐を外して、前を開けた。

すでにいきりたっている肉柱を見て、ふっと口許をゆるめ、

「今度二人で行くレストランを考えておいてね」

目を見て言い、勃起を握った。

ゆったりとしごきながら、ちゅっ、ちゅっと亀頭部に接吻し、長い髪をかきあ

げて片方にずらした。

それから、顔を傾けながら、頬張ってきたので、翔太の勃起が頬の粘膜を擦りあげていき、向かって左側の頬がぷっくりとふくらんだ。

莉乃が顔を振るたびに、ふくらみが移動し、亀頭部がジーンとしてきて、翔太はうっとりとして空を仰いだ。

細めた目に、満天の星が飛び込んできた。

もっと見ていたかった。しかし、ハミガキフェラで亀頭部を粘膜で擦られると、桃源とした快感がひろがってきて、静かに目を閉じた。

瞼《まぶた》の裏には星たちの煌きが残っていて、うねりあがる快感に翔太は知らずしらずのうちに勃起をせりあげていた。


〈了〉

※この作品は、イースト・プレス悦文庫のために書き下ろされました。

イースト・プレス
悦文庫

人妻テニス倶楽部

霧原一輝《きりはらかずき》

2023年5月22日　第1刷発行

企　画　松村由貴（大航海）
発行人　永田和泉
発行所　株式会社　イースト・プレス
〒101-0051
東京都千代田区神田神保町2-4-7　久月神田ビル
電　話　03-5213-4700
FAX　03-5213-4701
https://www.eastpress.co.jp

印刷製本　中央精版印刷株式会社
ブックデザイン　後田泰輔（desmo）

ISBN978-4-7816-2199-9 C0193